리와인드 베이커리

리와인드 베이커리

범유진 장편소설

슈크림북

차례

6월 14일.

첫사랑이 끝난 날

첫사랑이 끝났다.

서성건의 뒷모습이 점점 교문 쪽으로 멀어졌다. 안 돼. 가지 마. 앞을 가로막은 교실 창문을 열고 외치고 싶었다. 옆자리에 앉은 수정이가 내 교복 셔츠를 잡아당기지 않았다면 정말 그랬을지도 모른다.

"누가 한별이 좀 잡아라. 저러다가 창문 뚫고 나가겠다."

선생님의 농담 섞인 타박과 반 아이들의 웃음소리에 퍼뜩 정신이 들었다. 그렇다. 지금은 수업 시간이다. 재빨리 자리에 앉자 수정이가 입을 가리고 소곤거렸다.

"왜 갑자기 벌에 쏘이기라도 한 것처럼 벌떡 일어나?"

차라리 벌에 쏘이는 게 낫겠다. 나는 필통에 달린 여우 인형을 꽉 움켜잡았다.

말도 안 된다. 전학이라니.

수업이 시작되고 얼마 지나지 않았을 때 누군가 "옆 반 개 전학 갔다더라."라고 떠드는 것을 들었다. 그때까지만 해도 그건 나와 상관없는 일이었다. "옆 반? 누구?" "왜, 걔 있잖아. 서성건." 하지만 '서성건'이란 이름을 듣자마자 신경이 온통 그 대화로 쏠렸다. "방금 교실 나갔다는데." 반사적으로 일어나 창밖을 봤다. 정말로 서성건이 교실을 나갔는지 확인하지 않고는 견딜 수가 없었다.

여름 방학이 되기 전에 고백하려고 했는데.

여우 인형이 손안에서 비명을 지르듯이 찌그러졌다.

반년 전이었던 올해 초, 중학교 졸업식을 앞두고 반에서 롤링 페이퍼를 했다. 각자의 이름이 적힌 커다란 색지가 앞에서 뒤로, 또 뒤로 전해졌다. 그 색지는 중학교 3년을 평가하는 또 다른 성적표나 마찬가지였다. 인기가 많은 아이의 색지는 글과 그림으로 빽빽하게 채워졌지만, 그렇지 않은 아이의 색지에는 형식적인 글만 적혔다. 나는 그 성적표에 나름대로 자신이 있었다. 반 모두와 두루두루 잘 지내는 편인

데다 체육 대회나 현장 체험 학습 때에 장기자랑 멤버로 자주 뽑히기도 했다. 집에 돌아가 설레는 기분으로 색지를 펼쳤다.

하지만 웬걸. 내 눈에 들어온 문장은…….

– 한별. 너 너무 유치해. 만날 착한 척만 하고.

– 별아. 난 너의 긍정적이고 착한 성격이 좋아! 가끔 어린애 같긴 하지만.

……이런 것들이었다. 좋든 나쁘든 결론은 어린애 같다는 거였다. 어릴 적부터 또래보다 키가 작아서 애 같다는 말을 듣는 게 콤플렉스였다. 그런데 중학교를 마무리하는 롤링 페이퍼에 떡하니 그 말이 쓰여 있었다. 하루 종일 색지를 들여다보며 끙끙 앓았다. 고등학교에 가서도 같은 말을 들으면 어쩌나 더럭 겁이 났다. 그러지 않기 위해, 뭐든 해야만 할 것 같았다.

일단 유튜브를 보고 화장품을 샀다. 중학생 때에는 엄마가 사 준 립밤만 발랐지만, 고등학생이 되면 다들 파운데이션 쿠션쯤은 바른다기에 큰마음 먹고 용돈을 털었다. 토끼 모양의 필통도 검은색의 단순한 모양새로 다시 샀다. 그러는 중에도 이런 걸로 충분한 걸까, 어른스럽다는 건 대체 뭘까, 계속 고민이 됐다. 어떤 유튜버는 중학교 생활이나 고등학교

생활이나 별 차이 없다고 했지만, 그럴 리가. 초코 우유와 커피 우유가 색이 같다고 해서 맛까지 같을 리가 없다. 나는 커피 우유 같은 고등학교 생활을 보내고 싶었다. 초등학생 같다거나 유치하다는 말은 더 이상 듣지 않는, 이제까지와는 다른 그런 날들.

하지만 고민의 답을 좀처럼 찾지 못하던 어느 날이었다. 저녁에 식사를 마치고 거실 소파에 드러누워 휴대폰을 하는데, 엄마가 부리나케 텔레비전을 켰다. 엄마는 몇 개월 전부터 저녁 드라마에 푹 빠져 있었다. 나도 몇 번 같이 봤지만, 그저 그런 연애물이라 별로 관심이 가질 않았다. 남자 주인공이 "너를 만난 후로 내 세계가 변했어!"라고 외치자 엄마가 작게 탄성을 질렀다. 나는 픽 웃었다.

"대사 너무 뻔하다."

"고전에는 다 이유가 있는 거야."

엄마가 뒤돌아보며 내게 눈을 흘겼다.

"사람 한 명 만났다고 세계가 바뀌다니, 그런 일이 있을 리가 없잖아."

"어머. 엄마는 있었는걸."

"뭐? 정말로?"

나는 벌떡 몸을 일으켜 앉았다. 엄마는 엄청난 비밀을 품은 듯한 미소를 지으며 나를 바라보았다. 그러더니 내 코끝을 살짝 꼬집으며 "어른이 되면 알 거야."라고 말했다. 어쩐지 마법의 주문을 들은 듯 설레었다. 설렘은 은근한 기대를 품게 했다. 고등학생이 되면, 어른에 한 발 더 가까워지면 나도 세계가 바뀌는 사랑을 하게 될까? 중학교 때 같은 반 남자애들처럼 시끄럽기만 한 게 아닌, 커피 우유처럼 쌉싸름한 멋진 남자 주인공이 내 앞에 나타날까? 그런 상대를 만나면 더 이상 유치하다는 말을 듣지 않게 될 것만 같았다.

하지만 마법의 주문은 고등학교에 입학하고 두어 달도 지나지 않아 깨끗이 사라졌다. 쌉싸름한 커피 우유? 가슴 떨리는 만남? 없었다. 인정하기 싫지만, 고등학교 생활은 중학교 때와 별반 다르지 않았다. 비슷한 아이들끼리 무리를 지었고 수업 시간은 지겨웠으며 남자애들은 여전히 시끄러웠다. 물론 변한 것도 있었다. 좋은 변화는 중학교 때는 없던 매점이 생긴 거였고, 나쁜 변화는 선생님들의 설교에 '대학'이란 단어의 등장 빈도가 늘어난 거였다. 그 말인즉슨 해야 할 공부의 양도 늘어났단 뜻이다. 남자 친구는 무슨. 매일 학교와 학원 숙제에 깔려 죽을 것 같은데. 역시 이건, 연애는 대학 가서 하라는 신의 계시다.

그렇게 생각했다.

서성건과 만나기 전까지만 해도.

⊹⊹

"별이 너, 아까 수업 시간에 왜 그랬어?"

어떻게 수업이 끝났는지 모르겠다. 종례 시간까지 멍하니 앉아 있다가 친구들에게 이끌려 교실을 나왔다. 현관에서 신발을 갈아 신는데 수정이가 불쑥 물었다.

"그게……."

사라졌어. 내 첫사랑이. 말도 제대로 못 걸어 봤는데. 여름 방학 전에는 어떻게든 고백하려고 다이어트도 하고 있었는데. 고백 방법은 뭐가 좋을지 포털 사이트에 검색하고 동영상도 몇 개씩이나 봤는데. 치솟아 오르는 하소연을 쏟아 내지 못한 건 누구에게도 서성건을 좋아한단 사실을 털어놓은 적이 없어서였다. "남자 친구 생겼어."라는 깜짝 고백을 해 보고 싶어서 숨겼던 게 이런 결과를 가져올 줄이야. 끙, 앓는 소리가 절로 나왔다.

"설명하려면 좀 길어."

"뭐야. 궁금하게."

"……우리 떡볶이 먹으러 가자. 학원 가기 전까지 시간 좀 있잖아."

아픈 마음을 달래는 데에는 친구들과의 수다가 특효약이다. 엄청 매운 떡볶이로 주문하겠다고 마음먹으며 친구들과 어울려 운동장을 가로질렀다.

이오-. 이오-. 이오-.

구급차 한 대가 사이렌을 울리며 학교 안으로 들어왔다. 운동장에 있던 아이들 대부분이 걸음을 멈추고 구급차를 바라보았다. 학교 운동장 안에 구급차가 들어오다니, 흔히 있는 일이 아니었다. 구급차에서 내린 서너 명의 구급 대원이 다급히 학교 건물 쪽으로 뛰어갔다.

"무슨 일이지?"

나도 멈춰 서서 구급 대원들이 뛰어간 쪽을 바라보았다. 학교 화단 쪽에 선생님들이 모여 서 있었다. 운동장에서 봐도 알 수 있을 정도로 우왕좌왕하고 있는 분위기였다. 선생님 중 한 명이 건물 위쪽을 가리켰다. 손가락 끝을 따라 고개를 들어 위를 봤다.

학교 옥상 난간에 누군가 서 있었다.

꼿꼿하게 등을 펴고 선 모습이 꼭 피뢰침 같았다. 그 애를 본 건 나뿐만이 아닌 듯, 운동장에 서 있던 아이들 사이로 수군거림이 퍼져 나갔다.

"누구지?"

"일 학년이래."

"일 학년 나유나라는 애라는데."

얼핏 들린 이름이 왜인지 귀에 익었다.

"아니라고! 내가 아니라고 했잖아!"

벼락 같은 외침이 공중에서 운동장으로 떨어졌다. 옥상에선 나유나라는 아이는 계속해서 같은 말을 외쳤다. 아니라고, 아니었다고. 그건 숫제 절규였다. 모두가 나유나의 절규에 감전이라도 된 듯이 꼼짝하지 않았다. 구급 대원이 나유나를 옥상 안쪽으로 끌어당겼다. "어떻게 해." "괜찮은 거겠지?" 그제야 집단 최면에서 깨어난 듯 낮은 비명과 수군거림이 운동장 곳곳에 물결쳤다. 선생님이 운동장 쪽으로 달려와 손을 휘저으며 빨리 집에 가라고 소리쳤다. 아이들은 여전히 옥상에서 눈을 떼지 못한 채 주춤주춤 걸음을 옮겼다.

"가자."

수정이가 내 팔을 잡았다.

"그래. 가자."

무엇이 아니라는 걸까. 얼굴도 모르는 아이의 목소리가 이상하게도 계속 귓가에 맴돌았다.

한 달 전 5월 14일.
여우비의 추억

그날 여우비가 내렸다.

한 달여 전에 영국에서 단신 부임 중인 아빠가 교통사고를 당했다. 나와 엄마는 부랴부랴 영국으로 떠났고, 도착하고 나서야 전해진 것보다 대형 사고였다는 걸 알았다. 아빠는 여덟 시간 넘게 수술을 받았고, 엄마는 빨리 오지 못해 미안하다고 울었다. 나는 차마 울 수 없었다. 아빠가 영국에서 혼자 지내게 된 건 나 때문이었으니깐.

아빠의 해외 근무가 결정되었을 때 선택지는 두 가지였다. 온 가족이 같이 가느냐, 아빠 혼자 가느냐. 나는 온 가족이 가는 것에 결사반대했다. 영어만 들리는 교실 한가운데 우두커니 꿀 먹은 벙어리처럼 앉아 있을 내 모습을 상상하는 것만으로 현기증이 났다. 나의 고집에, 결국 아빠는 혼자 영국으로 떠났다.

만약 내가 영어 공부를 좀 더 열심히 했다면, 아니면 낯선 환경에 부딪힐 용기를 냈다면.

그랬다면 아빠가 외롭게 수술받는 일은 없었을 거다. 영국으로 오기 전에 뭣도 모르고, 아빠 때문에 체육 대회 참가를 못 하게 되었다고 투덜거렸던 것이 부끄러웠다.

다행히 아빠의 수술은 성공적이었지만 회복이 빠르지는 않았다. 결국 엄마는 영국에 남고, 나만 한국으로 돌아왔다. 혼자 돌아오는 건 쓸쓸했지만 빨리 학교에 가고 싶기도 했다. 학교에 가서 친구들을 만나면 나쁜 일은 다 잊어버릴 수 있을 것만 같았다.

그건 내 착각이었다.

고작 일주일 결석했을 뿐인데 친구들의 대화에 낄 수가 없었다. 체육 대회 때 누가 일등을 했다거나, 반별 응원전을 펼쳤을 때 플래카드 글자 하나가 사라져서 '우리는 하나'가 '우는 하나'가 되어 버린 게 웃겼다거나, 뒤풀이로 간 노래방에서 옆 옆 반의 누구와 누가 사귀게 되었다거나 하는 대화들. 축제가 끝난 후의 들뜬 공기가 채 녹지 않은 눈처럼 곳곳에 남아 있는 교실이 낯설었다. 아무렇지 않은 척 맞장구를 치며 웃었지만 조금도 즐겁지 않았다. 체육 대회에 참가했으면 좋았을 텐데. 그런 생각이 들 때마다 나 자신이 미웠고, 학원이 끝나고 늦은 밤에 아무도 없는 집 현관문을 열 때면 제인 에어처럼 고아가 된 듯 외로웠다.

"할머니가 그랬잖아. 이 또한 지나가리라!"

나는 매일 아침 인형을 부여잡고 파이팅을 외쳤다. 키링이 달린 여우 인형이 내 구명조끼이자 부적이었다. 중학교 입학 선물로 할머니가 만들어 준 소중한 인형이다. "여우는 영물이다. 그러니 이 인형도 신묘한 것이지. 여기에 할머니 영혼 한 조각 꼭꼭 넣어 놨다. 이게 너를 지켜 줄 거야." 할머니는 인형을 건네주며 내게 그렇게 말했다. 할머니가 세상을 떠나 슬펐을 때도, 나는 여우 인형을 꼭 부여잡고 견뎠다. 할머니가 함께 있다고 상상하면 우울의 늪쯤, 자력으로 어푸어푸 헤엄쳐서 나올 수 있을 것만 같았다.

그런데 여우 인형이 사라졌다.

음악 수업을 마치고 교실에 돌아왔는데 필통에 달아 놓은 인형이 없었다. 끊어진 키링 고리만 덩그렇게 달려 있을 뿐이었다. 급하게 교실 밖으로 달려 나갔다. 복도를 구석구석 살폈지만 찾지 못하고 결국 음악실에 되돌아갔다. 음악실 책상 아래를 더듬거리며 살피는데 쉬는 시간의 끝을 알리는 음악 소리가 울렸다. 동시에 한 무리의 아이들이 우르르 음악실로 들어왔다. 음악실을 나가야 한다는 걸 알면서도 좀처럼 발을 뗄 수가 없었다. 몇몇 애들이 쟤 뭐냐고 말하는 게 들렸다. "우리 반 애 아니지?" "그러게. 수업 안 들어가나?" 아는 사람도 없고 인형도 없고. 어쩐지 눈물이 나올 것 같아서 턱에 힘을 꽉 줬다.

"뭐 찾아?"

누군가 말을 건넸다. 고개를 돌려 옆을 보니 뿔테 안경을 쓴 남자애가 서 있었다. 둥그런 안경을 쓴 모습이 어릴 적 즐겨 봤던 펭귄 애니메이션 주인공을 닮은 애였다.

"인형."

"어떻게 생긴 거야?"

"여우 인형이야. 꽃무늬 천으로 만들어져 있고 작아. 이 정도 크기."

수업 시작을 알리는 음악 소리가 또다시 커다랗게 울렸다.

"내가 찾아 줄게. 넌 수업 들어가."

"소중한 거야. 꼭 찾아야 해."

"걱정하지 마. 샅샅이 찾아볼게."

어차피 남자애를 믿는 것 말고는 방법이 없었다. 발을 질질 끌며 교실에 돌아왔다. 왜 늦었냐는 선생님의 타박도, 수업 내용도 전혀 귀에 들어오지 않았다. 한 시간이 백 시간쯤

되는 듯 길게 느껴졌다. 드디어 수업이 끝나고, 나는 총알처럼 뛰어나갔다. 음악실에서 나오는 아이들과 엇갈려 안으로 들어갔다. 펭귄을 닮은 남자애는 없었다.

"호언장담하더니, 묘하게 배신감 드네."

혼잣말을 중얼거리며 다시 음악실 바닥을 살피려는데, 등 뒤에서 다급한 발소리가 다가왔다.

"다행이다! 안 늦었네."

펭귄 남자애였다. 뛰어온 건지 얼굴이 빨갰다.

"너 몇 반인지, 이름이 뭔지 물어보지도 않았더라고. 그래도 다시 음악실로 올 것 같았지. 자, 이거 맞지?"

남자애가 손에 든 것을 내게 내밀었다. 여우 인형이었다. 나는 환호성을 지르며 얼른 인형을 건네받았다.

"음악실을 아무리 살펴봐도 없길래, 현관에 있는 분실물 상자를 확인하고 왔어."

"분실물 상자……. 맞다. 왜 그 생각을 못 했지? 바보 같아."

자책하듯 중얼거리자 남자애가 씩 웃었다.

"진짜 많이 소중한 인형인가 보네. 소중하게 다룬 물건에는 영혼이 깃든대. 그래서 소중한 것일수록, 잃어버리면 더 많이 당황하고, 슬퍼서 이성적인 판단을 하기 힘들어진대. 하지만 영혼이 깃들어 있으니깐, 반드시 다시 찾게 된대."

"누가 그래?"

"우리 할머니가."

남자애가 창밖을 보더니 어, 하며 작게 탄성을 질렀다. 남자애는 내 옆을 지나 음악실 창가에 섰다.

"여우비 온다."

나는 남자애 옆으로 가 서서, 눈을 가느다랗게 뜨고 창밖을 봤다.

"비? 밖에 해가 쨍쨍한데?"

창문을 열고 밖으로 손을 뻗어 보았다. 톡. 빗방울이 손가락 끝에 닿았다.

"진짜네."

"여우비니깐."

파랗게 맑은 하늘에서 떨어져 내리는 빗줄기가 햇빛에 반짝거렸다.

"여우가 결혼하는 날 오는 비를 여우비라고 한댔어. 구름이 여우를 짝사랑했는데, 여우는 호랑이랑 결혼을 하거든. 구름이 너무 슬퍼서 흘린 눈물이 비가 된 거래. 슬프지만 좋아하는 여우의 결혼식을 망칠 순 없으니깐, 해가 사라지지 않게 안간힘을 쓰는 거랬어."

"그것도 할머니가 해 준 이야기야?"

"응. 어릴 때부터 계속 할머니랑 같이 살았어. 나 초등학교 5학년 때 돌아가셨지만."

"나도. 이거, 할머니가 만들어 준 거야."

내가 손에 쥔 인형을 내보이자, 남자애가 여우의 쫑긋한 귀를 살짝 쓰다듬었다. 그 조심스러운 손길이 내 마음까지 어루만지는 듯했다.

"난 한별이야. 1학년 1반."

남자애에게 내가 누구인지 알려 주고 싶었다. 그리고 알고 싶었다. 남자애가 누구인지. 남자애가 나를 마주 보았다.

"난 서성건. 1학년 2반."

손안의 여우가 깡충거리기라도 하듯이 가슴이 뛰었다.

꧁꧂

새빨간 떡볶이가 탁자 한가운데에 놓였다. 매운 떡볶이를 먹고 땀을 뻘뻘 흘리면서 친구들에게 실연을 고백하리라. 강제로 끝나 버린 첫사랑을 애도하기에 더없이 좋은 계획이었다.

"너희 혹시 서성건이라고 알아?"

당연히 모른다고 할 줄 알았다. 서성건은 그다지 눈에 띄는 아이가 아니었다. 잘생기지도 않았고 운동을 잘하지도 않았다. 누가 봐도 멋있는 애와 사귀겠다는 내 목표와는 전혀 맞지 않았다. 그것 때문에 서성건을 좋아한다는 걸 인정하기가 얼마나 힘들었던지. 하지만 인정할 수밖에 없었다. 수업 시간에 무심코 운동장을 내려다봤는데, 십여 명이 뛰어다니는 가운데에서 서성건만 열 배쯤 확대한 듯 보였으니깐. 누군가를 좋아한다는 건 그 사람 한정으로 초능력을 가지게 되는 거였다.

"알지. 걔 결국 전학 갔다며?"

"나 같으면 사고 치자마자 바로 갔어. 뻔뻔하잖아. 피해자가 있는지 없는지는 몰라도, 만약 있다면 같은 반 애일 거 아냐. 몰카 가해자와 같이 지내야 한다니, 그것도 폭력 아니야?"

"내 말이. 그 반 애들도 걔랑 말도 안 섞던데. 그래서 전학 간 거겠지."

하지만 친구들의 반응은 예상과는 달랐다. '서성건' 이름 석 자가 나오자마자 폭풍 수다가 쏟아졌다. 수다에 어울리지 못하는 건 나뿐이었다.

"몰카라니, 그게 무슨 말이야?"

친구들이 한순간 입을 다물고 서로 눈짓을 했다. 그러다 곧, 짐짓 아무렇지 않은 척 입을 열었다. 뭐였을까. 방금 그 분위기는. 신경이 쓰였지만 서성건에 대해 아는 게 먼저였다.

"어? 알고 이야기 꺼낸 거 아니었어?"

"몰라. 몰카라니 처음 들어."

"별이 그때 결석했잖아."

"맞다. 게다가 선생님들도 쉬쉬하는 분위기라서 다들 일부러 화제에 안 올리기도 했고."

친구들은 그때부터 앞다투어 '체육 대회 몰카 사건'에 대해 알려 주었다.

"우리 학교 지금 탈의실 공사 중이어서 교실마다 뒤에 커튼 쳐서 임시로 탈의실 만들었잖아. 서성건 걔가 거기에 몰카 설치했다고 난리 났었어."

"빨리 발견해서 다행이었지. 이찬우가 발견했지?"

"응. 찬우가 반 단체 티 받으려고 아침 일찍 학교에 왔는데 누가 탈의실 안에서 부스럭거리더래. 이상하잖아. 그 시간에 옷 갈아입을 일이 뭐가 있다고. 그래서 숨어서 지켜봤더니 서성건이 후다닥 나오더라는 거야. 안에서 뭘 한 건가 싶어서 탈의실 안에 들어가서 살폈더니 몰카가 있었대. 바닥하고 천장에 하나씩."

"놀라서 바닥에 던졌더니 망가졌다고 했지?"

"응. 그래서 일단 부서진 카메라를 사진으로 찍어서, 망가진 거랑 사진이랑 선생님에게 가져갔더니 모른 척하라고 했대. 그런 거로는 증거가 안 된다고. 너무하지 않아? 일 커지는 거 싫으니까 덮으려고 했던 거잖아."

"이찬우가 서성건, 걔가 교실 빠져나가는 것도 찍어 놔서 다행이었지. 안 그랬으면 그런 적 없다고 발뺌했을 거 아냐. 이찬우 걔는 너무 마음이 여려. 혹시 오해일 수도 있다고 서성건 감싸는 거 봤어?"

"착하잖아. 이찬우."

"서성건도 착한 줄 알았는데. 얌전하고 말도 조곤조곤하기에."

떡볶이의 맛이 전혀 느껴지지 않았다. 서성건이, 내가 처음으로 좋아한 남자애가 몰카범이라니. 떡볶이가 포크에서 떨어져 교복 셔츠에 핏자국 같은 붉은 얼룩을 남겼다. "별아. 왜 이렇게 멍해?" 수정이가 휴지를 건넸다. 하지만 아무리 문질러도 셔츠의 얼룩은 사라지지 않았다.

"그런데 서성건은 왜? 난 네가 몰카 사건 알아서 말 꺼낸 줄 알았지."

수정이가 의아하다는 듯 물었다.

"그게……. 아니. 별거 아니야. 걔가 전학 갔다는 말을 들었거든. 아직 1학기도 안 끝났는데 전학이라니 신기하잖아. 누군가 해서."

"그러면 아까는……."

수정이가 다시 말을 건네는데, 친구 중 한 명이 호들갑을 떨며 휴대폰 액정을 내보였다.

"얘들아. 완전 빅뉴스! 김정현하고 에이틴의 연주가 사귄대!"

십 대에게 가장 인기 있는 남자 배우와 극성팬 많기로 소문난 아이돌 그룹 리더의 열애설은 다른 모든 것을 잊게 하기에 충분했다. 친구들은 다들 분주히 휴대폰으로 기사를 검색했다. 평소 김정현의 팬이라던 친구가 울음을 터뜨렸고, 모두 한마음 한뜻으로 그 친구를 다독였다. 나 역시 분명 잘못 난 기사일 거라고 위로했지만 속으로는 안도의 한숨을 내쉬었다. 열애설 덕분에, 수정이가 내게 수업 시간에 왜 그랬냐고 더 이상 물어보지 않았으니깐.

'나도 울고 싶다. 진짜.'

엉엉 우는 친구가 부러웠다. 첫사랑이 끝났다. 그것만으로도 슬픈데, 그 첫사랑이 몰카범이라니. 해도 너무한 거 아닌가.

진짜일까. 정말 서성건이 그랬을까.

나와 눈을 마주치고 웃던 서성건의 얼굴이 떠올랐다. 그렇게 해맑게 웃었는데, 걔가 진짜 그랬을까. 왜 그랬을까. 떡볶이집을 나올 때까지 서성건과 몰카, 두 가지 단어만이 머릿속을 가득 채웠다. 수정이가 내 셔츠를 가리키며 그거 입고 학원에 갈 거냐고 하기 전까지, 옷자락의 떡볶이 얼룩조차 잊어버렸을 정도였다. 그사이에 얼룩이 더 번졌는지 셔츠 앞자락이 거의 연분홍빛으로 변해 있었다. 아무래도 집에 들러서 갈아입고 가야지 싶었다.

나는 친구들과 헤어져 혼자 아파트 쪽 방향으로 향했다.

"……시간을 돌릴 수 있으면 물어보기라도 할 텐데."

횡단보도 앞에 서서 한숨을 내쉬는데 어디선가 아기 우는 소리가 들렸다. 희미하지만 분명히 울음소리였다. 주변에 있는 거라곤 길가에 주차된 차뿐인데 아기 울음소리라니. 대체 어디서 들리는 걸까 두리번거리는데 짐칸이 불투명 비닐로 뒤덮인 트럭이 눈에 들어왔다. 분명했다. 울음소리는 그곳에서 새어 나오고 있었다.

'왜 트럭에서 아기 울음소리가 나지?'

유괴, 살인 등등 온갖 무시무시한 상상이 파노라마로 머릿속에 펼쳐졌다. 떨리는 걸음으로 트럭에 다가가, 짐칸으로 손을 뻗었다. 무서웠다, 무서웠지만 진짜 짐칸 안에 아기가 있

는 거면 구해야만 했다. 나는 아래턱에 힘을 꽉 주고 비닐의
틈새를 벌렸다.

6월 14일.

리와인드 베이커리를 만나다

"야옹."

작은 털 뭉치가 울음소리와 함께 틈 사이로 고개를 내밀
었다.

"고양이였구나."

목걸이를 차고 있는 걸 보면 집에서 기르는 고양이인 듯했
다. 어쩌다 비닐 아래 갇힌 건지 몰라도 고양이 울음소리를
내가 아기 울음소리로 착각한 거였다. 비닐 틈 사이로 몸을
빼낸 고양이가 트럭 난간대 위에 올라서 몸을 털자, 목걸이
에 달린 식빵 모양 펜던트가 짤랑 울렸다. 고양이는 트럭 아
래로 뛰어내려 내게서 등을 돌리고 걸어갔다.

"집에 가는 거니? 잘 가."

고양이를 향해 손을 흔드는데, 바닥에서 무언가 반짝 빛났

다. 주워서 보니 고양이의 목걸이에 달려 있던 식빵 모양 펜던트였다. 펜던트가 없으면 고양이가 집을 잃어버렸을 때, 주인이 고양이를 찾지 못할 수도 있다. 그러면 고양이는 미아가 될 거다. 고양이는 그사이에 횡단보도를 건너 반대편에 있는 시장 입구로 들어가고 있었다.

"고양아. 잠깐만 기다려!"

때마침 횡단보도의 신호가 바뀌었다. 나는 고양이를 따라 횡단보도를 건너 시장 안으로 들어갔다. 고양이는 한 번 뒤를 돌아보더니 따라올 거면 따라와 보라는 듯이 뛰기 시작했다. 상가가 늘어선 골목을 지나 코너를 꺾으며 계속해서 뛰었다. 고양이는 담장 위에 뛰어 올랐다가 리어카 아래로 쏙 몸을 감추었다가, 때때로 약이라도 올리듯이 뒤를 돌아봤다. 어떻게든 따라잡아서 펜던트를 목걸이에 걸고 말 것이란 오기가 생겼다.

"헉헉. 더는 못 뛰어!"

얼마나 뛰었을까. 멈춰 서서 가쁜 숨을 몰아쉬는데, 고양이가 눈앞의 가게 안으로 쏙 들어갔다. 가게 간판에는 'Rewind Bakery'라고 쓰여 있었다. 리와인드 베이커리. 근처 시장에 이런 가게가 있었나 싶었다.

할머니가 세상을 떠나기 전, 나와 할머니는 한 달에 한 번씩 시장 데이트를 했다. 호떡이나 호두과자를 사 한 손에 들고 시장 안을 돌아다니면서 과일이며 생선 이름을 맞히는 놀이를 했다. 그러곤 꽃을 사서 집으로 돌아왔다. 집 근처 시장을 제일 많이 갔지만, 가끔은 좀 더 멀리 있는 다른 시장에도 갔다. 그래서 이 근처 시장은 어느 곳이든 제법 잘 알고 있는 편이었는데, 눈앞의 가게는 통 기억에 없었다. 저런 특이한 상호를 이전에 봤다면 잊어버릴 리가 없을 텐데 말이다. 하긴, 할머니가 돌아가신 후 한동안 시장에 오지 않았으니, 그사이에 새로운 가게가 문을 열었다고 해도 이상할 건 없다.

나는 가게 앞으로 다가갔다. 가게에 '한 달에 한 번 문을 여는 특별한 베이커리. 되돌리고 싶은 손님, 어서 오세요.'라고 쓰인 팻말이 걸려 있었다. 안에서 고소한 빵 냄새가 솔솔 풍겨 나와서, 입안에 침이 고였다. 서성건의 몰카 사건을 듣고 넋이 빠져서 떡볶이를 제대로 먹지 못한 데다가 한참이나 뛴 탓에 배가 너무 고팠다.

나는 가게 문을 열고 안으로 들어갔다. 한 발을 내딛자 투명한 유리 같던 바닥이 보라색으로 물들었다. 바닥은 걸음마다 색을 바꾸었다. 보라에서 빨강과 노랑, 파랑, 초록 등등 온갖 색으로 물드는 바닥이 보석처럼 반짝거렸다. 잠시 넋을

잃고 바닥을 내려다봤다. 배가 고프지 않았다면 계속 바닥만 쳐다보고 있었을 거다.

"저기요. 누구 없어요?"

아무도 대답하지 않았다. 가게 안쪽으로 고개를 길게 뻗고 살폈지만 인기척이 느껴지질 않았다. 고양이도 없었다. 벽 한쪽에 놓인, 내 키만큼 커다란 괘종시계만 눈에 띄었다. 시계 몸통의 투명한 유리판 안쪽으로 묵직해 보이는 추가 좌우로 천천히 움직였다. 추가 천천히 움직이는 걸 보자 갑자기, 더욱더 배가 고팠다. 나는 진열대로 시선을 돌렸다. 갈색 빵피가 먹음직스러운 팥빵, 달콤한 쿠키 반죽이 잔뜩 붙어 있는 소보로빵, 돌돌 말린 소라 모양의 크루아상 등등 진열대에 빵이 가득했다. 뭘 고를지 고민하는데 나란히 놓인 쿠키 세 개가 눈에 띄었다. 괘종시계 모양의 큼지막한 쿠키 포장지에는 각각 '한 달 쿠키' '하루 쿠키' '한 시간 쿠키'라고 쓰인 라벨이 붙어 있었다.

"한 달? 하루? 한 시간? 쿠키 이름이 특이하네."

한 달 쿠키를 집어 앞뒤로 이리저리 살폈다. 아무리 봐도 평범한 쿠키였다. 하지만 이상하게도, 쿠키에서 눈을 뗄 수가 없었다. 보면 볼수록 쿠키가 가지고 싶어졌다.

"새로운 손님이 오셨군요."

흠칫 놀라 뒤돌아보니, 방금 전까지 아무도 없던 계산대에 할머니 한 분이 서 있었다. 허리까지 내려오는 구불구불한 흰 머리카락과 위로 뾰족하게 솟은 검은 모자 때문인지 동화 속 마녀가 떠올랐다. 야옹. 괘종시계 위에 앉은 고양이가 울었다.

"앗, 고양이 너, 거기 있었구나!"

"식빵이를 아시나요?"

할머니가 계산대 뒤에서 나와 내 앞에 섰다. 계산대 뒤에 있을 때는 몰랐는데, 할머니는 키가 매우 컸다. 아빠보다도 큰 것 같았다.

"이거 주웠거든요. 저 고양이가 떨어뜨렸어요."

나는 주머니에서 펜던트를 꺼내 할머니에게 건넸다.

"식빵이가 데려온 손님이었군요. 자아. 손님. 무슨 빵이든 골라 보세요. 여긴 아주 특별한 베이커리랍니다. 한 달에 한 번, 되돌리고 싶은 자에게 열리지요."

"되돌려요? 뭘요?"

"그건 손님이 어떤 빵을 원하는지 보면 알게 되겠죠."

할머니가 경쾌한 손놀림으로 진열대에 놓인 빵을 하나씩 들어 보였다.

"이건 놓쳐 버린 인연을 찰싹 붙여 주는 찰떡 크림빵. 이건 먹으면 다른 사람의 과거가 보이는 은근슬쩍 치즈 빵. 이 층층 맘모스 빵은 한 층 먹을 때마다 기억 하나를 바꿀 수 있지요. 자, 어떤 빵의 라벨이 보이나요?"

하지만 내겐 그 어떤 빵의 라벨도 보이지 않았다. 나는 손에 들고 있는 쿠키를 내보였다.

"저는 이 쿠키만 라벨이 보여요."

할머니의 눈이 휘둥그레졌다.

"시간 쿠키의 선택을 받다니, 이건 아주 드문 일이에요. 시간 쿠키를 원하는 사람은 많지요. 하지만 시간 쿠키는 무척 까다로워서 특별한 능력을 갖춘 상대가 아니면 모습을 드러내지 않는답니다."

"특별한 능력이요? 저 그런 거 없어요."

"있을 거예요. 잘 생각해 보세요."

재능이란 단어는 나와는 그다지 인연이 없다. 공부는 그럭저럭, 운동은 백 미터 달리기할 때면 꼴찌를 도맡아 한다. 노래 부르는 건 좋아하지만, 음을 잘 못 맞추고, 미술이나 글짓기 대회에서 상을 받은 적도 없다.

"없어요. 역시."

"시간 쿠키가 바라는 건 상상하는 능력이랍니다."

"에이. 그게 무슨 능력이에요?"

김이 팍 샜다. 망상 외계인. 이게 내 초등학교 때의 별명이
었다. 자꾸 엉뚱한 이야기를 하고, 수업 시간에도 딴생각한
다고 친구들이 붙여 준 거였다. 상상하고, 상상한 걸 친구들
에게 들려주는 게 즐거웠다. 선생님이 본 적 없는 새빨간 구
두를 신고 온 날이면, 한밤중에 선생님이 신데렐라처럼 다른
세계의 무도회에 가는 걸 상상했다. 건널목을 느리게 건너는
할아버지에게 욕을 하는 사람을 보면 할아버지가 사실은 힘
을 숨긴 초능력자라서 그 사람을 혼쭐내 줄 거라는 상상을
하기도 했다. 친구들은 내 엉뚱한 상상이 재미있다며 웃었다.

초등학교 4학년이 되고 얼마 지나지 않았을 때였다. 화장
실 변기가 폭파해서 우주로 가는 이야기를 하는데 친구가
"우리도 이젠 4학년이잖아. 그런 유치한 이야기 좀 그만해."라
며 인상을 썼다. 지금도 그때를 떠올리면 뺨에 열이 오른다.
그날 이후 상상한 것을 누군가에게 이야기하는 걸 관뒀다.
'망상 외계인'이란 별명은 추억 속으로 사라졌다.

"그게 능력이 아니라고 생각하나요?"

"그렇잖아요. 그게 공부나 운동처럼 사는 데 도움이 되는
것도 아니고. 고등학생씩이나 되어서 쓸데없는 생각 한다고
잔소리만 듣는걸요."

내가 투덜거리자, 할머니가 후후 웃었다. 나는 쿠키에 붙

은 라벨을 다시 한번 살폈다. 할머니의 빵 소개를 듣고 나니, 라벨에 적힌 이름이 예사롭지 않게 보였다.

"이 시간 쿠키는 무슨 능력이 있어요?"

"적힌 그대로랍니다. 이 한 달 쿠키."

할머니가 손가락 끝으로 내가 들고 있는 쿠키를 쿡 찔렀다.

"이걸 먹으면 한 달 전으로 시간을 되돌릴 수 있어요. 원하는 상황으로 데려가 준답니다. 그리고 이것."

할머니가 진열대에 놓인 하루 쿠키를 나에게 건넸다.

"이건 하루 전으로 시간을 되돌리지요."

"그럼 이건 한 시간 전으로 되돌리겠네요."

내가 마지막 하나 남은 시간 쿠키를 집어 들고 묻자, 할머니는 고개를 끄덕거렸다.

"맞아요. 단, 주의 사항이 있어요. 쿠키를 하나 다 먹어야만 효과가 발생한답니다. 한 명이 쿠키 하나를 온전히 다 먹어야 해요. 누군가와 나누어 먹으면 효과가 없답니다."

시간을 되돌리다니. 황당무계한 이야기였다. 그렇지만 주의 사항을 알려 주는 할머니의 표정이 더없이 진지해서, 나도 덩달아 진지해졌다.

"그리고 또 하나. 시간을 되돌리기 전의 일은 쿠키를 먹은 사람만 기억해요. 다른 사람은 시간이 되돌아갔다는 사실조차 알지 못하죠. 그러니 절대, 시간을 되돌리기 전의 일은 누구에게도 말하면 안 돼요."

"말하면 어떻게 되나요?"

"쿠키의 능력이 사라지고, 시간을 되돌리기 전으로 돌아가게 된답니다. 쿠키를 먹은 사람도, 그 모든 일을 잊어버리게 되죠."

할머니가 허리를 굽혀, 내 귓가에 속삭이듯이 물었다.

"자. 어떤 빵을 드릴까요?"

할머니가 쓴 모자가 어마어마하게 커져서 천장까지 닿는 건 아닐까 싶었다. 마녀는 으레 그런 법이니깐. 하지만 그런 일은 일어나지 않았다. 할머니는 몸을 일으켜 싱긋 웃었다. 엉뚱한 상상을 한 것이 들킨 것 같아 머쓱했다. 나는 쿠키 세 개를 꼭 움켜쥐었다.

"이거, 시간 쿠키 세 개 다 주세요!"

할머니는 쿠키를 종이봉투에 넣어 주었다. 얼마냐고 묻자, 할머니는 괘종시계 위를 가리켰다.

"빵이를 도와준 선물이랍니다."

나는 꾸벅 인사를 하고 가게를 나왔다.

'이상한 가게였어.'

종이봉투를 품에 안고 왔던 길을 되돌아갔다. 할머니의

말을 모두 믿는 건 아니다. 시간을 되돌리다니, 말도 안 된다. 약간 특이한 콘셉트의 가게일 것이다. 요즘은 어떤 가게든 개성이 있어야 장사가 잘된다고 하니깐. 그렇게 생각하면서도 온 신경이 종이봉투에 쏠렸다. 나도 이젠 어린애가 아니다. 그런 허무맹랑한 이야기를 믿진 않는다. 믿지는 않지만……

정말로 시간을 되돌릴 수 있다면.

원하는 상황으로 갈 수 있다면.

나는 종이봉투에서 한 달 쿠키를 꺼냈다. 오늘부터 한 달 전이면 딱 체육 대회, 서성건이 몰카를 설치했다던 바로 그날이다.

시간을 되돌린다면, 그때로 돌아가 서성건에게 물어보고 싶었다. 정말 네가 그랬냐고. 정말 서성건이 몰카범이라면 멱살을 잡고 화를 낼 거다. 내가 널 얼마나 좋아했는지 아냐고. 왜 내 첫사랑을 예쁜 추억으로 간직할 수조차 없게 만들어 버린 거냐고. 나는 분에 차 와작와작 한 달 쿠키를 몽땅 씹어 먹었다.

또 다른 5월 14일.

지진과도 같은 일이야

쿠키의 마지막 조각이 목 아래로 넘어갔다.

"뭐야. 아무 일도 일어나지 않잖아."

긴장으로 바짝 올라갔던 어깨에 힘이 빠졌다. 할머니의 말을 믿지 않는다고 하면서도 은근히 기대했던 탓이다. 남은 쿠키가 든 종이봉투를 가방에 쑤셔 넣고 시장을 빠져나왔다. 아슬아슬하게 집에 들러 옷을 갈아입고 학원에 갈 수 있을 것 같았다. 고양이를 만났던 횡단보도 앞에 서서 신호가 바뀌기를 기다렸다.

서성건은 내가 몰카 사건에 대해 모른다는 걸 알았을까.

몰랐을 거다. 내가 몇 반인지조차 몰랐으니깐. 그런데도 서성건은 내 인형을 찾아 줬다. 도와줄게, 라고 말을 걸었다.

소문의 중심이 된다는 건, 특히나 나쁜 소문의 중심이 된다는 건 되도록 투명 인간이 되기를 강요받는 것이다. 투명 인간이 되는 것은 집단이 내린 형벌이기에, 집단의 용서가 있을 때까지 소문의 주인은 감히 먼저 말을 걸거나 존재를 드러내서는 안 된다. 그 소문이 사실이든 아니든 상관없다. 투명 인간이 보라고, 너희가 잘못 안 거라고 먼저 소리를 지르면 인간으로 돌아오는 유예 기간이 길어질 뿐이다. 집단의 대표가 수줍게 사면장을 건네며 "당신은 해방되었습니다. 오해이긴 했지만, 가끔 그런 건 어쩔 수 없지요."라고 할 때까지 기다려야 한다.

나도 잠깐 투명 인간이 된 적이 있었다. 중학교 2학년 초기에 함께 다니던 친구들이 갑자기 나를 무시하기 시작했다. 이유도 가르쳐 주지 않았다. 내가 무슨 말을 해도 반응하지 않았고 점심시간에 함께 가자고 권하지도 않았다. 내가 눈치껏 무리에 끼어들어 밥을 먹고 있으면 나만 남기고 다 함께 자리에서 일어나기도 했다. 이상한 별명을 붙이거나 메신저에 불러내서 괴롭히거나 그런 식의 괴롭힘은 없었다. 그렇게 노골적인 괴롭힘이라면 차라리 대응하기 쉬웠을까? 갑자기 투명 인간이 된 나는 우왕좌왕, 어찌할지 모르고 하루하루를 견뎠다. 처음에는 친구들에게 말을 더 걸려고도 해 보고, 과자며 사탕을 챙겨 와서 나누어 주는 등 온갖 노력을 했다. 하지만 침묵은, 그 싸늘한 눈빛들은 점점 나를 쪼그라들게 했다. 점점 말을 걸지 않게 되었다. 말을 거는 것이 무서워졌다.

그렇게 2주가 지나고 투명 인간 형벌은 갑자기 끝났다. 친구 중 한 명이, 아침에 교실에서 내게 "안녕."이라고 인사를 건넸다. 그 단 두 음절의 인사가 사면장이었다. 자존심이고 뭐고 덥석 받아들였다. 눈물이 맺히도록 기뻤다. 나중에 친구들은, 내가 자신들의 험담을 하고 다녔단 소문 때문에 그랬다고 털어놓았다. "그걸 믿었어? 나한테 물어보면 되잖아." 내가 섭섭하다고 했더니 친구들은 "그냥 그렇게 된 거지, 뭐." "별이 너도 분위기에 휩쓸려서 그런 적 있잖아."라고 변명을 했다. 친구들 말대로, 나도 의식하지 못했을 뿐 누군가를 투명 인간으로 만드는 데 동참했던 적이 있던 건 아닐까. 그런 생각에 더 이상 말을 꺼낼 수 없었다. 그저 미안했다는 한마디를 듣고 싶었던 것뿐인데. 그 친구들과는 2학기가 되고 난후 점점 소원해졌다. 3학년이 되어 반이 갈린 후로는 복도에서 마주쳐도 아는 척하지 않는 사이가 되었다.

소문은 파도다. 누구든 휩쓸릴 수밖에 없는 파도. 하지만 서성건은 그 파도가 자신과 상관없다는 듯이 행동했다. 그럴 수 있는 건 어지간한 마이페이스거나, 아니면…….

'정말로, 그 소문이 소문일 뿐이라 떳떳했거나.'

신호가 바뀌었다. 걸음을 내딛는데 갑자기 횡단보도의 흰 선이 구불구불 일그러졌다. 선만이 아니었다. 땅 아래에서 혹이라도 솟아오른 듯 발아래가 올록볼록 마구 요동쳤다.

"뭐야. 이건? 지진?"

양팔을 버둥거리며 횡단보도를 건넜다. 흔들리는 땅이 푹 꺼지는 건 아닐까 싶어서 시선은 아래를 향한 채 비틀거리며 걸었다. 마지막 흰 선을 뛰어넘어 반대편 도보를 밟는데, 신발 바닥에 닿는 감촉이 이상했다. 딱딱한 콘크리트가 아닌 아래로 푹 꺼지는 느낌. 흡사 운동장의 모래를 밟았을 때 같은 촉감이었다. 그리고 색깔도……. 아니, 색만이 아니었다. 분명히 모래였다. 연갈색의 부슬부슬 입자 고운 모래! 아래로 숙였던 고개를 들었다.

"뭐야. 이게."

운동장이었다. 학교 운동장. 분명히 횡단보도를 건넜는데 운동장 한가운데에 도착하다니. 대체 무슨 일이 일어난 건가 싶었다. 이상한 건 운동장만이 아니었다. 건너기 전에는 분명 늦은 오후였는데 운동장 한가운데 선 지금은 아무리 봐도 이른 아침이었다. 이른 아침 특유의 찬 기운이 서린 공기 냄새는 헷갈릴 수가 없다. 고등학생이 되고 나서 등교 시간이 30분이나 빨라졌다. 일찍 일어나야 하는 것도, 허둥지둥 밥

을 먹어야 하는 것도 몽땅 짜증 나는 와중에 유일하게 좋은
게 아침 냄새였다.

설마 그런 일이 일어났을 리가. 침을 꼴깍 삼키며 휴대폰
을 꺼내려는데, 누군가 빠르게 옆을 달려 지나갔다. 무심코
고개를 돌려 스쳐 지나간 사람의 뒷모습을 보았다.

서성건이었다.

뒷모습만 봐도 알 수 있었다. 지난 한 달간 말을 걸까 말까
망설이면서 몇 번이고 봤던 뒤통수였다. 생각이고 뭐고 할
틈도 없이, 나는 서성건을 뒤따라 달렸다.

물어보고 싶었다.

서성건은 학교 건물 안으로 들어가 계단을 두 칸씩 뛰어
올라갔다. 뒤따라 달리는 나에게까지 들릴 정도로 숨소리가
거친데도 한 번도 멈추지 않았다. 나도 숨이 차기는 마찬가
지였다. 서성건, 잠깐만 멈춰 봐. 그렇게 외치려는데, 서성건
이 교실 안으로 들어갔다. 조용한 복도에 교실 문 여는 소리
가 요란하게 울렸다.

"야, 잠깐……."

교실 문을 붙잡고 서성건을 부르려다가 입술을 꽉 깨물었
다. 서성건이 교실 뒤에 설치된 탈의실 안에서 꼼지락거리고
있었다. 커튼 너머로 보이는 서성건의 실루엣에, 친구들이 했

던 말이 마구 떠올랐다. 몰카가 설치되어 있었대. 천장과 바닥에 하나씩.

황급히 주머니에서 휴대폰을 꺼내 날짜를 확인했다. 설마가 현실이 되었다. 휴대폰에 표시된 날짜는 한 달 전, 체육대회 날이었다. 정말로 한 달 전으로 돌아온 것이다. 이른바 타임 리프다. 타임머신이 있다면, 하는 상상을 한 번도 해 보지 않은 사람이 있을까? 하물며 '망상 외계인'이라고 불렸던 나다. 이런 상황이 아니었다면 "한별의 상상은 현실이 된다!"라고 외치며 신이 났을지도 모른다.

이런 상황. 내 첫사랑 남자애가 몰카를 설치하는 현장을 목격하는 상황이다. 아무도 등교하지 않는 시간에 교실 탈의실에서 할 게 뭐가 있겠는가. 나는 질끈 눈을 감았다. 보고 싶지 않았다.

"놔! 더 이상 못 참아. 죽을 거야! 죽어 버릴 거라고!"

날카로운 목소리가 고요한 공기를 찢었다. 질끈 감은 눈가 끝이 파르르 떨렸다. 정말로 한 달 전으로 되돌아온 거라면, 본래대로 영국이 아닌 지금 이곳으로 돌아온 이유가 있지 않을까.

그 이유.

시간을 되돌린다면 서성건에게 물어보고 싶었다. 진실

을 알고 싶었다. 나는 눈을 떴다. 탈의실의 커튼이 금방이라도 뜯겨 나갈 듯이 거칠게 흔들렸다. 탈의실 안에서 서성건이 여자애의 팔을 붙잡고 뒷걸음질 쳐 나왔다. 몸싸움이라도 하듯 거친 분위기였다. 마구 몸부림치는 여자애의 손에는 커터 칼이 들려 있었다.

"놔! 놓으라고!"

여자애의 새된 고함에는 울음이 가득 차 있었다.

"진정해. 유나야."

유나. 어디선가 들어 본 적 있는 이름이었다. 어디서 들었더라. 기억을 더듬는데 여러 명이 떠드는 소리가 계단 아래에서 점점 교실 쪽으로 가까워졌다.

"왔을까?"

"왔대도. 걔 쓸데없이 착한 척하는 거에 목숨 걸었잖아."

"찬우 너도 뭐 이렇게 귀찮은 일까지 벌이냐?"

"재밌잖아."

"성격 진짜 안 좋다니깐. 찬우 얘 평소에 착한 척하는 거 보면 무섭다니깐. 학교 애들 아무도 얘 이러는 거 모르잖아."

"그러니깐 고마운 줄 알아. 너희는 오래 알고 지낸 정으로 특별 취급해 주는 거니깐."

낄낄거리는 웃음소리에 뒤돌아보니, 서너 명의 남자애들

이 저마다 손에 휴대폰을 들고 서 있었다. 그중 한 명은 나도 아는 얼굴이었다. 이찬우. 일 학년 중에 이찬우를 모르는 애가 더 적지 않을까 싶은 유명인이다. 공부면 공부, 운동이면 운동, 못하는 게 없어서 애들 사이에서 인기가 좋다. 다리를 다친 같은 반 친구가 등하교하는 걸 일주일 넘게 도와줬다거나, 단체 활동에 어울리지 못하는 아이를 챙겨 준다는 등 미담 제조기이기도 했다. 게다가 잘생겼다. 연예 기획사에서 아이돌 연습생 권유를 받았다는 소문이 거짓말은 아니겠구나 싶을 정도다. 당연히 이찬우를 좋아하는 애들도 많다. 수정도 그중 한 명이다. 다른 애들과 수정이의 다른 점이라면, 수정이는 이찬우와 이른바 '썸'을 타는 사이란 거다. 이찬우는 쉬는 시간이면 종종 우리 반에 와서 수정이에게 캔 커피와 초콜릿을 주곤 했다. 나와도 몇 마디, 별거 아닌 대화를 나눈 적도 있었다.

"야. 누가 있는데?"

무엇보다 이찬우는 서성건이 몰카를 설치했단 걸 봤다는 애였다. 이찬우 옆에 선 남자애가 내게 삿대질했다. 나와 눈이 마주치자, 이찬우는 어깨를 가볍게 으쓱였다.

"일찍 왔네."

교실 안에서 우당탕, 책상 넘어지는 소리가 났다. 이찬우가 어깨 너머로 힐끔 안을 살피는 시늉을 했다.

"그런데 너 우리 반 아니지? 옆 반이잖아. 왜 우리 반 문 앞에 버티고 서 있어?"

"지나가다가 친구가 있어서."

이찬우는 흐음, 하고 비웃음 같은 콧소리를 냈다.

"친구라. 친구 잘 골라서 사귀어라."

그러더니 함께 올라온 애들에게로 몸을 돌려 섰다.

"가자. 우리 반 티셔츠 가지러 가야지."

이찬우가 앞장서서 계단 쪽으로 걸어가자, 남자애들이 우르르 그 뒤를 따라갔다.

"작전 실패네."

"쟤 누군데? 신경 안 써도 되는 거 아냐?"

"너 바보냐? 누구든 목격자가 있으면 구라 못 치지."

이찬우가 복도 끝으로 사라지고, 교실 안에서 흐느끼는 울음소리가 터져 나왔다. 다시 교실 안을 들여다보니, 여자애가 교실 바닥에 주저앉아 있고 서성건은 그 앞에 쪼그리고 앉아 주머니를 뒤적거리고 있었다. 나는 잠시 망설이다가 교실 안으로 들어갔다.

"이거 써."

서성건은 내가 내민 손수건을 순순히 받았다. 복도에서 또

다시 누군가의 발소리가 났다. 소리 내어 울던 여자애가 자신의 입을 손바닥으로 덮었다. 히끅. 새어 나오던 울음소리가 곧 딸꾹질로 변했다. 금방이라도 숨이 넘어갈 듯 심한 딸꾹질이었다. 서성건이 여자애를 부축해 일으켜 세웠다.

"저기. 유나 좀 데리고 나가 줄 수 있을까? 유나가 반 애들한테 이런 모습을 보이고 싶어 하지 않을 것 같아. 화장실에서 세수하고 진정하면 딸꾹질도 가라앉을 거야."

"넌?"

"반 애들 오기 전에 교실 좀 정리해야 할 것 같아."

반쯤 떨어져 나간 탈의실의 커튼과 넘어진 책상. 교실 안이 엉망이었다. 나는 서성건에게 기대듯이 선 여자애의 팔을 내 어깨에 둘러 부축했다. 여자아이의 교복 상의에 붙은 이름표가 눈에 들어왔다.

유나. 나유나.

피뢰침 같던 형체가 떠올랐다. 운동장에서 올려다봤던, 옥상에 아슬아슬하게 서서 벼락을 내리치던 아이. 아니라고 외치던 그 애였다.

몰카 사건이 일어났던 체육 대회 날, 탈의실에 커터 칼을 들고 들어가 있던 나유나.

서성건이 전학 가던 날, 옥상에서 목이 터지라 외치던 나유나.

그리고 몰카범으로 몰렸던 서성건.

소문의 이면에, 분명히 무언가 있었다.

5월 14일⑵.
고백과 사건의 진실

　매트리스에서 풀썩 먼지가 일었다. 재채기가 나오려는 걸 간신히 참았다. 아무래도 재채기할 분위기가 아니었다. 나유나는 체육 창고에 들어온 후 한마디도 하지 않고 있다. 어색한 침묵이 일어났던 먼지가 가라앉듯이 나와 나유나 사이에 내려앉았다. 하긴, 내가 멋대로 나유나를 따라온 것이니 나유나에게 나는 혼자 있고 싶은 걸 방해하는 존재일 뿐인지도 모른다. 이 침묵은 제발 옆에서 사라져 달라는 의미일지도. 하지만 세수를 하고 휘청거리며 화장실을 나서는 나유나를 도저히 혼자 둘 수가 없었다. 물론 그 이유만은 아니긴 했지만.

　괜히 엉덩이를 들썩여 자세를 고쳐 앉자 또다시 먼지가 일어났다. 에취. 이번에는 참지 못했다. 에취. 에취. 연거푸 재채기를 하자 콧물이 새어 나왔다. 이럴 줄 알았으면 휴지를 가지고 올 걸 그랬다. 코를 훌쩍거리는데, 나유나가 움켜쥐고 있던 휴지를 내게 내밀었다.

"고마워."

손바닥 안에서 구깃구깃 축축해진 휴지로 코를 풀었다. 킁. 코를 푸는 소리가 유독 크게 울렸다. 어라, 그런데 나유나의 이마에 무언가 붙어 흔들렸다. 처음에는 먼지인 줄 알았는데, 먼지보다는 하얗고 하늘거리는 것이……. 휴지였다. 화장실에서 세수하고 휴지로 벅벅 문질러 닦은 탓이다. 심각한 표정에 어울리지 않게 나풀나풀, 가볍게 흔들리는 휴지 조각의 움직임에 웃음이 났다.

"왜 웃어?"

나유나가 날카롭게 물었다. 나는 손을 뻗어, 나유나의 이마에 붙은 휴지 조각을 떼어 냈다.

"아……. 휴지."

"응. 휴지."

휴지 조각은 내 손에 잡힌 채 계속해서 흔들렸다.

"고마워. 도와줘서."

나유나가 작게 웅얼거렸다. 기회였다. 나유나를 따라온 또 하나의 이유. 나는 알아야만 했다. 체육 대회 날 무슨 일이 있었는지, 서성건에 대한 소문의 진실이 무엇인지, 어색함 따위에 질쏘냐. 나는 주먹을 꽉 쥐었다. 휴지 조각이 창고 바닥에 떨어졌다.

"저기. 무슨 일인지 말해 줄 수 있어?"

나유나는 아랫입술을 잘근잘근 씹었다. 저러다가 입술을 몽땅 먹어 치우는 건 아닐까 싶었다.

"……말해도 믿지 않을 거잖아."

"왜 그렇게 생각해?"

"너, 나에 대해서 들은 거 없어?"

뜬금없는 질문에 눈만 깜빡거렸다. 혹시 나유나도 이찬우처럼 유명인인가 싶었지만 아무리 기억을 더듬어도 나유나의 이름을 들은 적이 없었다. 나는 고개를 가로저었다.

"없어. 나, 네 이름도 오늘 처음 알았어."

"정말?"

나유나는 다시 한번 아랫입술을 꽉 깨물었다.

"내가 남자애 세 명이랑 동시에 사귀었단 소문은? 친구가 좋아하는 애한테 꼬리를 쳤다거나 학교가 끝나고 원조 교제를 한다거나, 근처 일진들하고 어울리면서 애들 돈을 빼앗는다거나. 정말 하나도 못 들었어?"

"뭐야. 그게……."

"전부 이찬우가 퍼뜨린 소문이야."

나유나는 잠시 말을 멈추었다. 이대로 또 조개처럼 입을 다물어 버리는 건 아닐까 조바심이 나서, 계속 나유나의 눈치를 살폈다. 나유나는 치마 끝자락을 짓이기듯이 어루만졌다.

"물론 네가, 이찬우가 그런 짓을 할 리 없다고 생각해도 할 수 없어. 내가 정말 그런 행동을 했다고 믿어도……."

"응? 네가 홍길동도 아니고 남자 서너 명 사귀면서 원조교제도 하고, 돈까지 뜯으러 다닌다고? 하루하루가 주말이면 모를까, 초등학생도 그게 말이 안 된다는 건 알 것 같은데."

치맛자락을 만지던 나유나의 손이 멈췄다.

"너 좀 별나다."

"난 내가 본 것만 믿어."

나유나가 내 쪽으로 고개를 돌리곤 희미하게 웃었다. 그러곤 더듬더듬, 이야기를 이어 나갔다. 말인즉슨, 이찬우가 학기 초부터 계속 나유나에 대한 헛소문을 퍼뜨리고 있단 거였다. 친구를 사귀기도 전에 순식간에 퍼진 소문에, 나유나는 어떻게 손을 쓸 수도 없었다. 나유나는 반에서 고립되었다. 투명 인간이 되었다.

"이찬우가 그랬단 건 어떻게 알았어?"

"걔가 나한테 직접 말해 주더라. 대체 누가 그런 소문을 퍼

뜨렸는지도 모르겠고, 애들은 다 나 무시하고. 그렇다고 내가
얼굴에 철판 깔고 애들한테 막 말 걸고 그럴 수 있는 성격도
아니고. 쉬는 시간에 교실에 있는 게 너무 괴로워서 괜히 학
교 여기저기 돌아다니고 그랬어."

그날도 쉬는 시간이 되자마자 교실을 나가려는데 이찬우
가 다가왔다. 이찬우는 나유나에게 할 말이 있다고 몸을 숙
이더니 귓가에 "다음엔 어떤 소문을 추가해 줄까?"라고 소곤
거렸다. 나유나는 놀라서 이찬우를 떠밀었다. 이찬우는 과장
되게 교실 바닥에 쓰러졌고, 반 아이들은 웅성거렸다. 그날
이후, 나유나에 대한 반 아이들의 시선은 한층 차가워졌다.

"그제야 보이더라. 이찬우는 절대 자기가 직접 소문을 퍼
뜨리지 않아. 애들이 오해할 만한 상황을 만들거나 아니면
다른 애들을 통해서 소문을 퍼뜨려. 이찬우랑 붙어 다니는
남자애들 있잖아. 그중 한 명이 SNS에 글 올린 거 봤거든. 내
이름이 적혀 있거나 한 건 아닌데, 읽는 사람은 딱 나인 거
알 수 있게 썼더라."

증거가 없으니 따질 수도 없다. 반 애들은 점점 더 나유나
를 투명 인간 취급했다. 딱 한 명, 서성건만 빼고.

"서성건, 참 착한 애야."

내내 어둡던 나유나의 표정이 서성건의 이름을 말하는 순

간 부드러워졌다.

"걔도 소문 들었을 거고, 반 애들이 나를 어떻게 대하는지 알 거야. 하지만 걔는 한 번도 내 인사를 무시하지 않았어. 내가 계속 혼자 있는 거 눈치챈 후에는 조별 과제 할 때 꼭 나랑 같이해 주고."

부럽다. 부러워할 상황이 아닌데도 그런 마음이 불쑥 솟아올랐다. 나는 서성건과 제대로 된 대화를 한 게 음악실이 마지막이었다. 어쩌면 서성건은 지금쯤 내 이름조차 잊어버렸을지도 모른다. 내가 그런 생각을 하는지 알 리 없는 나유나는 계속해서 재잘재잘, 서성건이 자신을 어떻게 도와주었는지를 떠들었다. 처음엔 남자애와 어울리면 소문이 더 번질까봐 서성건을 피했지만, 점차 친해졌다는 것. 아이디를 교환하고 하루에도 몇 번씩 메시지를 주고받게 된 것 등등. 서성건의 도움에, 나유나도 반 아이들에게 용기 내서 말을 거는 등 노력했다. 그 덕분에 반의 몇몇 애들이 나유나에게 먼저 인사를 건네기 시작했다. 드디어 제대로 된 학교생활이 시작되는구나 싶어 눈물이 나게 기뻤다.

"……이찬우가 그렇게까지 할 줄은 몰랐어."

들떴던 나유나의 목소리가 축 가라앉았다.

"어젯밤에, 이찬우가 갑자기 집에 찾아왔어."

"이찬우가? 너랑 원래 알던 사이야?"

"같은 아파트 단지에 살아. 중학교도 같았고 학원도 잠깐 같이 다니긴 했는데 친하진 않아. 친하기는커녕 말도 거의 해 본 적 없어. 이찬우는 학원에서도 인기인이었거든. 잘나가는 애들하고만 어울렸어. 걔는 내가 같은 학원이었던 것도 모를걸."

"그런데 너희 집은 어떻게 알고 찾아갔지?"

"내 말이! 걔가 워낙 유명하니깐, 우리 엄마는 의심도 안 하고 친구 왔다고 문 열어 주더라. 걔는 학교 수행 평가 때문에 받아 갈 게 있어서 들렀다고 능청맞게 웃으면서 집 안으로 들어오고. 미치는 줄 알았어. 살인범이 집으로 찾아오면 딱 그런 심정이겠더라."

하지만 좋은 친구를 사귀었다고 기뻐하는 엄마에게 아니라고, 쟤는 나를 따돌리는 애라고 말할 용기는 나지 않았다. 나유나는 떨떠름하게 이찬우를 맞이했다. 엄마는 그런 나유나의 속도 모르고 이찬우에게 간식을 먹고 가라고 했다. 결국 나유나는 이찬우를 방에 들여야 했다. 이찬우는 방에 들어와 평수가 작으니깐 방도 작다는 등 이죽거렸다.

"진짜 너무 꼴 보기 싫더라. 내가 왜 온 거냐고 쏘아붙였거든?"

"뭐래?"

한참이나 머뭇거리던 나유나의 몸이 앞으로 반 접혔다. 나유나는 무릎에 이마를 대고 숨을 몰아쉬다가 단번에 내뱉었다.

"내 얼굴을 합성한 나체 사진을 교실 탈의실에 도배해 놨으니깐, 고마운 줄 알래."

"미친놈."

나유나의 등이 크게 들썩거렸다.

"맞아. 미친놈. 그 미친놈이, 우리 엄마가 내온 빵을 우걱우걱 먹고 갔어. 그거 우리 엄마가 직접 만든 건데. 그런 나쁜 놈 먹으라고 만든 거 아닌데."

팽팽하게 부풀어 오른 물주머니가 터지듯 흐느끼는 나유나에게 어떤 위로를 건네야 할지 알 수 없었다. 나는 나유나의 등을 천천히 다독거렸다. 떨림이 천천히 잦아들었다.

"무서웠어. 이찬우가 거짓말한 거라고 판단할 여력도 없었어. 그게 막, 연예인들 딥페이크 어쩌고 하는 뉴스 보면 어차피 진짜도 아닌데 뭐 어떤가 싶잖아. 그런데 그게 내 일이 되잖아? 누가 보면 어쩌지, 그 생각밖에 안 들어. 무섭고, 너무 무서워서 진짜 눈앞이 새까맣고……. 한숨도 못 자고 날이 밝기만 기다렸어. 제일 먼저 학교에 가서 사진 떼려고."

나유나는 날이 밝자마자 집을 나섰다. 울면서 학교로 향하며 서성건에게 전화를 했다.

"……나 좀 살려 달라고 했어."

확실해졌다. 서성건은 몰카범이 아니었다. 서성건은 나유나를 도와주러 온 거였다. 내가 직접 봤으니 의심의 여지가 없다.

그렇다면 대체 왜, 서성건이 몰카범이란 소문이 퍼졌던 걸까.

탈의실 안에서 카메라가 발견되었고, 이찬우가 부서진 카메라와 서성건이 이른 아침 교실을 나가는 모습을 사진 찍었다. 그것으로 서성건이 몰카범이 되었다. 휴대폰을 들고 웃으며 교실로 다가오던 이찬우의 모습이 떠올랐다. 친구 잘 골라 사귀라던 말까지도.

거짓말로 나유나를 불러낸 이찬우.

옥상에서 아니라고 울부짖듯이 외치던 나유나.

그리고 몰카범으로 몰린 서성건.

이찬우가 서성건을 몰카범으로 만들려고 꾸민 일이라면? 나유나를 미끼로 서성건이 아침 일찍 학교에 오도록 유인했던 거다. 그러니깐 기다렸다는 듯이 사진을 찍으러 올 수 있었던 거다. 하지만 나라는 변수가 끼어들었다. 이찬우는 사진을 찍지 못했다. 그렇다는 건…….

서성건이 몰카를 설치했다는 오해를 받는 일은 일어나지 않는다!

맞닥뜨린 사건에 대해 채 머릿속이 정리되지 않아 혼란스러운 중에, 그 사실만이 또렷하게 떠올랐다. 다른 모든 것은 잊어버릴 정도로 기뻤다.

"고마워. 이야기 들어 줘서."

나유나가 허리를 펴고 앉았다. 눈가가 붉었다.

"사실은 나, 누구에게든 하소연하고 싶었나 봐. 하지만 이찬우가 그랬다고 하면 누가 믿겠어. 그럴 만한 친구도 없고. 쏟아 내니깐 속이 좀 시원해."

"사진은? 있었어?"

"아니. 아, 근데 카메라 비슷한 게 있었어. 그게 혹시 나 찍으려고 놔둔 건가 싶어서 발견하고 순간 이성을 잃었던 거야. 바닥에 던지고 막 발로 밟았거든? 그런데 그거 장난감이었어."

카메라를 숨긴 것도 이찬우였다면, 사건의 앞뒤가 딱딱 맞아떨어진다. 딱 하나, 이찬우가 왜 그렇게까지 서성건에게 누명을 씌우려고 했는가를 빼면 말이다. 혹시 두 사람 사이에 무슨 일이 있었던 걸까? 의문이 꼬리에 꼬리를 물었다. 그중에는 당장, 나유나에게 물어봐야 하는 것이 있었다.

"혹시 유나 너, 서성건이랑 사귀는 사이야?"

"뭐? 아냐!"

나유나는 펄쩍 뛰어오를 기세로 마구 손을 내저었다.

"나랑 서성건은 그냥 친구야!"

"보통 친구 사이에 전화 걸었다고 그렇게 달려오나 싶어서."

"그거야, 성건이가 착하니깐. 걔는 내가 아니라 다른 누구라도 그렇게 해 줄 거야. 걔는 분명 날 친구로밖에 생각 안 해. 나도⋯⋯."

소나기처럼 쏟아지던 나유나의 말꼬리가 순식간에 축 처졌다.

"⋯⋯나도 그렇고."

나유나는 진짜 모르는 걸까? 서성건에 대해 말할 때 자기가 어떤 표정을 짓는지.

그건 누가 봐도 사랑에 빠진 사람의 얼굴이었다.

5월 14일(3)

바뀐 것과 바꿀 것

노랑과 파랑 반 티셔츠를 입은 아이들이 운동장을 뛰어다녔다. 오전 내내 달아오른 체육 대회의 열기는 오후의 하이라이트, 축구 경기가 진행되는 동안 절정으로 치솟았다. 아이들은 운동장 스탠드에 모여 앉아 저마다 플래카드며 꽹과리 등 응원 도구를 들고 목청껏 자기 반을 응원했다. 노란색 반 티를 입은 우리 반 선수가 공을 빼앗았을 땐 우리 반이 앉은 스탠드에 노란 손수건이 꽃잎처럼 흔들렸고, 파란색 반 티를 입은 2반 선수가 드리블할 때는 옆 스탠드에 파란 수술이 구름처럼 피어났다. 나는 손수건을 흔들며 힐끔 옆 스탠드를 살폈다. 나유나가 아이들 틈에 앉아 힘없이 응원술을 흔들고 있었다.

"어쩌지? 큰일이야."

옆에 앉아 손수건을 흔들던 수정이가, 내 쪽으로 바짝 몸을 붙여 앉았다.

"우리 반을 응원해야 하는데 자꾸만 속으로 찬우를 응원하게 돼."

이찬우, 슛해. 슛! 옆 스탠드에서 요란한 응원이 터져 나왔다. 수정이가 엉덩이를 들썩거리며 저기 좀 보라고 운동장을 가리켰다. 이찬우가 드리블을 하며 우리 반 수비수 두 명을 제치고 골대로 돌진하고 있었다. 이게 청춘 드라마라면 슬로우를 걸고 반짝이 효과를 잔뜩 입혀 방송될 만한 장면이었다. 공이 이찬우의 발끝을 떠났다. 슛! 잔뜩 들뜬 함성이 운동장에 울려 퍼졌다. 수정이가 내 팔을 꽉 붙잡았다.

"어떻게 해. 진짜 멋있어."

수성이의 양 뺨이 발그레했다. 나는 양손을 눈앞에 대고 엄지와 검지로 가짜 카메라 렌즈를 만들어 그 틈으로 이찬우를 봤다. 가짜 렌즈 속 이찬우가 친구들과 하이파이브를 했다. 길쭉한 팔다리에 조막만 한 얼굴. 시원시원한 몸놀림. 친구들의 어깨를 두드리는 포즈까지. 모든 것이 완벽했다. 아무리 흰 눈으로 보려 해도 부정할 수 없는 사실, 이찬우는 멋있다.

저런 애가 도대체 왜.

뭐 하나 부족한 것 없어 보이는 이찬우가 대체 왜 나유나에 대한 헛소문을 퍼뜨린 걸까. 게다가 서성건에게 누명을 씌우려고도 했다. 나유나는 도저히 짚이는 곳이 없다고 했다. 나는 손을 내리고, 다시 한번 나유나 쪽을 힐끔거렸다. 수정이가 툭, 내 어깨를 쳤다.

"어때? 멋있지. 이찬우."

"어? 응. 그렇지."

"뭐야. 딴 데 보고 있었네."

수정이는 내 시선을 따라 고개를 돌리더니 다시 한번 내 어깨를 쳤다.

"옆 반에 좋아하는 애라도 있어?"

수정이의 말투에 장난기가 섞였다.

"에이. 그런 거 아니야."

거짓말은 아니었다. 스탠드에 앉아 있는 애 중에는 서성건이 없었다. 나는 멈칫 아무것도 모르는 척, 나유나를 가리켰다.

"저기 혼자 앉아 있는 애. 쟤가 눈에 띄어서. 하나도 신나 보이지가 않잖아."

"누구? 아. 나유나. 쟤는 원래 좀 조용해."

"아는 애야?"

"예전에 잠깐 같은 학원 다녔어. 댄스 학원. 거기서도 얌전

했어. 춤은 잘 추는데 눈에는 안 띄는 그런 타입."

"댄스 학원? 너 데뷔 제안받았다던 거기?"

수정이는 중학생일 때 아이돌 그룹 데뷔 제안을 받은 적이 있다고 했다. 엔터테인먼트 회사의 디렉터가 수정이가 다니는 학원에 와서 연습을 지켜보다가 캐스팅했단다. 연습생 기간을 거친 것도 아닌데 데뷔 조라니 그야말로 파격 캐스팅이었다. 수정이는 기뻐서 방방 뛰었다. 영상 속, 화려한 무대 위에서 멋지게 춤추며 깜찍한 표정을 짓는 아이돌이 곧 자기 모습이 된다는 기대에 밤새워 온갖 아이돌 그룹의 무대를 재생해 보고 또 봤다. SNS에도 데뷔할지도 모른다는 뉘앙스의 글을 올렸고, 쏟아지는 축하 메시지를 받았다. "구름 위에 붕 떠 있는 기분이었어." 수정이는 그 이야기를 할 때에 달콤한 코코아를 마신 듯한 표정을 지었다.

"응. 그래도 어둡진 않았는데. 학교에 퍼진 소문 때문에 저러나……."

"소문?"

수정이의 눈썹이 살짝 위로 올라갔다가 재빨리 제자리로 돌아왔다. 곤란할 때면 나오는 수정이의 버릇이었다. 나는 수정이의 어깨에 풀썩 머리를 기댔다.

"수정아. 혹시 애들이 나 미워해?"

"뭐? 아냐. 왜 그런 생각을 해?"

"지금도 그렇고, 가끔 애들은 다 아는 걸 나만 모르는 것 같아."

떡볶이집에서 몰카 사건을 모른다고 했을 때 한순간 친구들 사이에 내려앉았던 침묵과 조금 전 수정이의 반응. 그 이상함을 감지하지 못할 정도로 눈치가 없진 않았다. 수정이가 으으음, 하고 긴 신음을 흘렸다.

"에이. 모르겠다. 괜히 오해 쌓이는 거 별로야. 학기 초에, 우리 막 친해지기 시작했을 때, 도난 사건 있었잖아."

정확히는 '도난인 줄 알았던 사건'이었다. 반 애 중 한 명이 지갑을 도둑맞았다고 소동이 일어났다. 분명히 집에서 가지고 나왔는데 1교시 수업이 끝난 후 매점에 가려고 하니 지갑이 없어졌단 거였다. 반 모두가 책가방을 뒤집어 보이고, 혹시 지갑을 운동장에서 주운 사람은 교무실로 가져다 달라는 방송도 했다. 하지만 지갑은 어디에도 없었다. 대체 누가 지갑을 가져간 것인가. 아직 서로에 대한 탐색이 채 끝나지 않은 학기 초의 교실 분위기가 흉흉해졌다. 서너 명씩 모여서 의심 가는 사람이 누구인지 수군거리기도 했다.

일주일 후, 지갑을 잃어버린 애가 멋쩍게 지갑을 가져간 게 자기 동생이었다고 밝힌 후에 사건은 마무리되었다. 초등학생인 동생이 천 원짜리 한 장을 몰래 가져가려고 했다가 형이 방에 들어오니깐 당황해서 옷 속에 지갑을 숨겼다는 거였다. 형에게 혼날까 봐 무서워서 일주일이나 입을 꾹 다물고 있었단다.

"그때 희진이가 범인 찾는 거 재미있어했잖아. 누가 의심스럽다는 이야기도 자주 하고. 쟤는 중학교에서 안 좋은 소문이 있었다거나, 쟤는 집이 못산다고 만날 다른 애들 부러워하니깐 가능성이 있다거나. 기억나지?"

당연히 기억했다. 처음엔 나도 기쁘게 희진이의 탐정 놀이에 동참했다. 둘이 톡방도 만들었다. 고등학생 탐정 콤비의 탄생이었다. 어쩌면 맹활약을 펼치며 명콤비가 될 수도 있었겠지만, 아쉽게도 나와 희진의 콤비는 결성 이틀 만에 깨졌다. 희진이가 갑자기 "별이 너랑은 좀 안 맞는 거 같아."라며 톡방을 나가 버린 것이다.

"그때 희진이가 다른 애들 소문을 떠들 때마다 별이 네가 화제를 다른 쪽으로 돌렸잖아."

"그건 안 좋은 소문이었잖아. 진짜인지 아닌지 밝혀지지 않은 소문. 학기 초에 괜히 그런 이야기 들어서 반 애들한테 선입견 갖기 싫었어. 헉. 뭐야. 설마 그것 때문에?"

나는 수정이의 어깨에서 고개를 들었다.

"한별이는 소문이나 뒷담화 별로 안 좋아하는 것 같으니까, 되도록 별이 너 있을 땐 하지 말자. 뭐 그렇게 된 거지."

"난 친구들끼리 있을 땐 즐거운 이야기만 하고 싶었던 것뿐인데."

그 일 때문에 친구들의 대화에 어울리지 못하게 되었다니. 몸에 힘이 쭉 빠졌다.

"심각하게 여길 거 없어. 물 무서워하는 사람에게 수영장 같이 가자고 하진 않잖아. 그냥 그런 거였어! 내가 별이 너, 그런 점을 얼마나 좋아하는데."

수정이가 내 손을 꽉 붙잡았다.

"알잖아. 나 중학교 때 일. 난 입 무거운 사람이 좋아."

수정이는 데뷔하지 못했다. 기획사 계약을 앞두고 수정이에 대해 좋지 않은 소문이 퍼진 탓이었다. 수정이가 친구들과 웃고 떠들며 찍은 사진은 일진 모임 사진으로 둔갑했고, 농담으로 주고받은 가벼운 욕설 섞인 메시지는 학교 폭력의 증거가 되었다. 수정이의 일상은 조각나서 SNS에 흩뿌려졌고 일진, 학폭 가해자, 남자를 밝히는 애 등등의 꼬리표가 마구 붙었다. 기획사는 계약을 없던 일로 하자고 통보했다. 수정이의 친구들이 그건 사실이 아니라고 글을 올리고, 학교 선생님까지 나서서 해명했지만 소용없었다. 사람들은 진실에 관심이 없었다. 결국 수정이는 댄스 학원까지 그만두었다.

"희진이도 뒷담화하려고 했던 거 아니었어. 들떠서 실수했다고 후회하더라."

"희진이가 나쁜 의도로 그랬다고 생각한 적 없어. 그리고 너희가 나 따돌리거나 한 거 아니란 것도 믿어."

수정이는 솔직하다. 학기 초에, 친해지자마자 할 이야기가 있다면서 중학교 때 사건을 털어놓은 것만 봐도 그렇다. 나라면 그러지 못했을 것 같다. 나쁜 기억이니만큼 그 사건을 아는 사람이 늘어나기를 바라지 않았을 테니깐. 하지만 수정이는 친구 사이에는 비밀이 없어야 한다고 했다. 판단은 너희에게 맡길게. 그렇게 말하던 수정이의 당당한 태도에 반한건 나뿐만이 아닌 듯, 수정이는 반 여자아이들 사이의 중심이 되었다.

"어이구. 착하다. 우리 한별이. 넌 솔직한 게 매력이야."

수정이가 내 허리를 와락 끌어안고는 마구 간지럽혔다. 나는 깔깔 웃었다. 웃느라 미처 말하지 못했다.

물을 무서워하는 사람도, 수영장에 같이 가자는 말 정도는 듣고 싶었을 거라고. 그 말을 듣고 가지 않는 것과, 그 말조차 듣지 못하는 건 아예 다른 문제라고.

나는 내가 선택하고 싶었다.

결국 축구 시합은 우리 반이 졌다. 이찬우의 골이 결정타였다. 담임은 수고했다며 반의 모두에게 아이스크림을 사 줬다. '우는 하나'가 되어 버린 플래카드를 칠판에 붙이고 반전원이 다 함께 사진을 찍었다. 없던 체육 대회의 추억이 생겼다. 아이스크림을 먹으며 교실을 나오는데, 서성건이 복도에 서 있었다. 누군가를 찾는 듯 주변을 두리번거리던 서성건이 나를 보더니 반색하며 다가왔다.

"저기."

입안에 베어 문 아이스크림을 꿀꺽 삼켰다.

"이거. 아침에 고마웠어."

서성건이 내민 건 차가운 물방울이 맺힌 음료수였다. 음료수를 받아 들다가 서성건과 손가락 끝이 스쳤다. 입안에 남은 달콤함이 온몸으로 퍼져 나갔다.

"난 서성건이라고 해."

"알아."

"아. 유나가 알려 줬나 보구나. 넌 이름이 뭐야?"

"무슨 소리야. 너 나……."

너 나 기억 못 해?, 라고 하려다가 황급히 입을 다물었다.

그제야 깨달았다. 한 달 전으로 돌아온 나. 나와 서성건이 음악실에서 만난 건 체육 대회 후였다. 그러니깐 지금 내 눈앞에 있는 서성건은…… 나를 모른다. 내 이름도 모르고, 나와 대화해 본 적도 없다. 함께 여우비 내리는 창밖을 바라봤던 추억도 나만의 것이 되었다. 나는 음료수 캔을 꼭 움켜쥐었다.

"……나는 한별이라고 해."

"다시 한번 고마워. 네 덕분에 살았어."

서성건의 웃는 얼굴이 음악실에서 마주했던 것과 똑같아서 눈물이 나올 것 같았다.

나는 그날 너를 좋아하게 됐는데.

너에게 그날은 없던 것이 되어 버렸다니.

"서성건. 있잖아. 너 혹시……."

물어보고 싶었다. 정말 내 인형을 찾아 준 게 기억나지 않냐고. 하지만 리와인드 베이커리의 할머니가 알려 줬던 주의 사항이 떠올랐다. 시간을 되돌리기 전의 일을 누군가에게 말하면 쿠키의 효력이 사라지고 다시 원래대로 돌아간다고 했었다. 즉, 자칫 말을 잘못했다가는 서성건이 전학을 가 버린 한 달 뒤로 돌아간단 뜻이다.

"혹시! 나랑 아이디 교환 안 할래?"

서성건과 아이디를 교환하고 학교를 나섰다. 친구들과 웃고 떠들며 집으로 향하는 길도 평상시와 같았다. 한 달이란 시간이 훌쩍 사라졌는데 이렇게 평화롭다니. 혼자서만 세계를 정복하려는 악당의 정체를 알게 된 마법 소녀의 기분이 이럴까 싶었다.

"다녀왔습니다."

집에 도착해 현관문을 열었다. 아무도 없는 걸 알면서도 습관적으로 인사를 하게 된단 말이지. 시간을 되돌리기 전과 똑같은 혼잣말을 중얼거리며 신발을 벗는데, 주방 안에서 엄마가 걸어 나왔다. 영국에 있어야 할 엄마의 등장에 화들짝 놀라, 한 손에 신발을 든 채 엄마를 바라봤다.

"왔어? 간식 먹어라. 체육 대회 해서 배고프지?"

"엄마. 왜 여기 있어?"

"무슨 소리야? 엄마가 집에 있지, 그럼 어디 있어?"

엄마가 어이없다는 듯이 내게 눈을 흘겼다.

"병원은?"

"병원? 무슨 병원? 너 어디 아파?"

"내가 아니라 아빠……."

원하는 상황으로 시간을 되돌린다. 이게 시간 쿠키의 효력이었다. 내가 원한 건 서성건의 몰카 사건의 진실을 아는 것이었다. 내가 그 장면을 목격하려면, 체육 대회 참석이 필요하다. 그 전제 조건을 충족시키기 위해 아빠의 교통사고가 없던 일이 된 게 아닐까. 재빨리 질문을 바꾸었다.

"엄마. 아빠는 건강하게 잘 지내지?"

"그럼. 방금도 너 체육 대회 잘하라고 메시지 보냈더라. 하여간, 몇 년이 지나도 시차 계산을 영 못 한다니깐. 네 아빠."

"나 옷 갈아입고 나올게."

서성건과의 첫 만남은 사라졌지만, 아빠가 교통사고를 당하지 않게 되었다. 게다가 결국 서성건과 아이디 교환도 했다. 음악실에서 만난 뒤 한마디 말도 걸지 못했던 것과 비교하면 엄청난 발전이다. 그렇게 따지면 오히려 얻은 게 많다. 옷을 갈아입는 동안 가라앉았던 기분이 조금 좋아졌다.

하지만 문제는 완전히 해결되지 않았다. 서성건이 몰카범으로 몰리는 건 막았지만, 이찬우가 나유나를 괴롭히는 한 언제든 비슷한 일이 벌어질 수도 있고, 서성건이 또 전학을 갈 수도 있다. 그러면 내 첫사랑은 또다시 끝난다.

"이찬우가 나유나를 괴롭히는 걸 막아야 해."

나는 침대에 풀썩 드러누웠다. 하지만 어떻게? 천장을 노려보며 한참 고민했다. 나쁜 소문을 퍼뜨리는 이찬우를 막을 순 없다. 그렇다면 어떤 소문이 퍼져도 나유나를 믿어 주는 사람들이 늘어나면 된다. 이찬우의 영향력에 맞서려면, 나유나가 친구를 백 명쯤 사귀어야 하겠지만 말이다.

일단 내가 첫 번째 한 명이 되어 보자.

가볍지만, 쉽지만은 않은 결심이었다.

5월의 끝과 6월의 시작.

우리만의 춤이 시작된다

"유나야, 여기!"

한 손을 번쩍 들고 유나를 불렀다. 급식 판을 들고 주변을 두리번거리던 유나가 내 쪽으로 걸어왔다. 이젠 친구들의 불평을 감내할 차례다. 점심시간마다 유나를 불러 함께 밥을 먹기 시작한 지 일주일째다. 친구들이 왜 친하지도 않은 나 유나를 자꾸 부르냐고 짜증을 내도 꿋꿋하게 불렀다.

친구 백 명을 만드는 법.

머리를 싸매고 고민한 끝에 내린 결론은 밥이었다. 일명 급식 같이 먹기 작전이다. 뜬금없이 대화에 끼어드는 건 힘들어도 함께 밥을 먹다 보면 자연스럽게 공통점을 찾을 수 있지 않을까 싶었다. 그렇게 유나가 내 친구들과 친해지면, 그 모습을 보고 다른 아이들도 다가올 수 있지 않을까. 그러면 소문은 조금씩 잦아들 것이다. 소문이란 사람의 입에서 입으로 옮겨 간다. 흡사 전염병이다. 따라서 누군가 중간에서 "걔 그런 애 아니야."라고 한마디만 해도 쉽게 사그라든다. 그 한마디가 백신이 되는 셈이다.

유나를 급식 시간에 부르는 건 내게도 용기가 필요한 일이었다. 같은 반이라는 이유 하나로 모두가 사이좋게 밥을 먹은 건 유치원 때가 마지막이었다. 심지어 그때도 좋아하는 애가 옆에 있으면 싫어하는 반찬도 억지로 씹어 삼키고, 싫어하는 애가 있으면 먹기 싫다고 난리를 치는 등 선택적인 태도를 보이는 애들도 있었다. 초등학생이 된 후 선택은 더욱 노골적으로 변했다. 쉬는 시간에 과자를 나누어 받느냐 받지 않느냐, 점심시간에 함께 밥을 먹느냐 먹지 않느냐, 방과 후 떡볶이나 햄버거를 먹으러 가는 데에 어울리느냐 어울리지 않느냐. 그 단계마다 아이들은 좀 더 친한 상대를 선택했다. 과자 열 개는 열 명에게 나누어 줄 수 있다. 점심시간이 되자마자 "야, 가자!" 하며 뛰어나가기엔 다섯 명 정도가 딱 좋다. 방과 후 군것질은 그야말로 베스트 프렌드, 찐친들과의 시간이다. 아이들이 머리를 굴리거나 악의를 가지고 선택의 폭을 좁혀 나간 건 아니다. 그저 밥을 맛있게, 즐겁게 먹으려고 한 것뿐이다. 그 선택에서 누군가는 소외된다는 걸 알지 못했다.

혹은 알면서도 모른 척했다.

유나가 급식실에서 혼자 앉아 밥을 먹는 걸 봤을 때, 나는 어느 쪽이었나 싶었다. 분명히 이전에도 유나가 혼자 밥 먹는 걸 본 적이 있었을 거다. 딱히 의식하지 않았을 뿐이다. 왜냐면 유나에 대해 몰랐으니깐. 혼자 밥을 먹는 게 편한 사람도 있을 테니깐. 하지만 이젠 안다. 유나가 좋아서 혼자 밥을 먹는 게 아니라는 걸. 타인의 밥에 대해 신경 쓴다는 건, 그 사람의 숨은 이야기를 안다는 것이었다.

"오늘은 왜 아무 말도 안 해?"

평소라면 이미 한바탕 불평이 쏟아졌을 텐데 친구 중 누구도 대체 왜, 라는 말을 꺼내지 않았다. 내가 장난스럽게 묻자, 친구들은 서로 시선을 교환했다.

"나유나. 소문과는 많이 다른 애 같아."

수정이의 말에 다른 아이들도 고개를 끄덕거렸다.

"그 소문 솔직히 좀 유치하지 않아? 양다리니 뭐니."

"내 말이. 나 지금 나유나랑 같은 학원 다니거든. 하루도 결석한 적 없어. 숙제도 꼬박꼬박 해 오고. 진짜 성실해."

"다른 학교 애들은 나유나가 일진이라고 하니깐 다 놀라던데."

"진짜 그런 애였으면 우리 학교만이 아니라 다른 학교 애들도 다 알고 있어야 하잖아."

맞아. 맞아. 친구들은 서로 맞장구를 쳤다. 옆에 앉은 수정이가 쿡, 내 옆구리를 찔렀다. 아무 말 하지 않았지만 수정이가 유나에 대해 좋은 말을 많이 해 주었구나 싶었다. 친구들의 수다가 멈추는가 싶더니 유나가 내 옆에 와 식판을 탁자에 놓았다.

"안녕. 유나야."

수정이가 건넨 인사에, 의자 등받이를 뒤로 빼던 유나가 그대로 얼음이 되었다. 또르륵 돌아가는 눈동자가 이게 어떻게 된 거냐고 묻는 듯했다. 하지만 얼음은 곧 녹았다.

"안녕."

유나의 인사는 신호탄처럼 선명했다.

유나는 빠르게 무리에 녹아들었다. 점심시간에는 급식실 앞에서 만나 함께 자리를 잡게 되었고, 쉬는 시간에는 복도에 모여 서서 수다를 떨었다. 의외로 수정이와 유나가 죽이 척척 맞았다. 좋아하는 음악과 춤이 같아서 말이 잘 통한다

나. 종종 다 같이 점심을 먹고 난 후에, 수정이와 유나 둘이 무리에서 조금 떨어져 걸으며 이야기를 나누기도 했다.

그렇게 열흘쯤 지난 어느 날, 점심시간을 알리는 종이 울리기를 기대하며 지겨운 수업을 견디고 있을 때였다.

- 오늘 같이 급식 째자.

수정이가 내 공책 구석에 끄적거렸다. 수업을 빠지자는 것도 아니고 급식을 먹지 말자고? 왜?

- 봐 줬으면 하는 게 있어. 알았지?

무슨 일인지 몰라도 일단 고개를 끄덕거렸다. 수업이 끝나자, 수정이는 배가 아픈 척 책상에 엎드렸다. 친구들이 자리로 몰려와 괜찮냐고 묻자, 수정이는 힘없이 너희끼리 밥을 먹으러 가라고 했다.

"난 보건실 가야 할 것 같아. 별이가 같이 가 준대."

그야말로 명연기였다. 친구들이 교실을 나가고 복도의 발소리가 멀어지자, 수정이는 벌떡 자리에서 일어났다.

"가자."

수정이가 내 손을 덥석 잡고 끌어당겼다. 나와 수정이는 손을 맞잡고 복도를 뛰었다. 텅 빈 복도에 나와 수정이의 발소리가 엇박자로 울려 퍼졌다. 계단을 내려가 현관을 빠져나가 향한 곳은 학교 뒷문, 지금은 사용하지 않는 소각로 앞이었다. 옛날에 소각로에서 타 죽은 사람이 있다는 괴담 때문에 학교 애들이 잘 오지 않는 곳이었다.

"여기는 왜?"

"따라와."

수정이가 발끝을 들고 소각로와 학교 담벼락 사이에 난 좁은 틈새 안으로 걸어 들어갔다.

"야. 난 너처럼 날씬하지 않아."

투덜거리면서 수정이를 따라 좁은 틈에 간신히 몸을 밀어 넣었다. 당연히 막다른 곳이 나올 줄 알았는데, 갑자기 틈새가 넓어지더니 교실 절반 크기의 공터가 펼쳐졌다. 그곳에 유나가 앉아 있었다. 유나의 옆에는 휴대폰과 연결된 스피커가 놓여 있었다. 나와 수정이를 본 유나가 반색하며 일어났다.

"왔어?"

"응. 준비됐어?"

암호 같은 말을 주고받더니, 수정이는 나를 자리에 앉혔다. 그러곤 연극 무대 위 배우가 관객에게 인사를 하듯이, 과장된 몸짓으로 허리를 굽혔다.

"자, 별이 넌 지금부터 우리의 유일한 관객이 되는 거야."

"관객?"

"오래 기다리셨습니다. 자, 음악 큐!"

유나가 휴대폰 액정을 누르자 신나는 음악이 흘러나왔다. 수정이와 유나는 음악에 맞추어 춤을 추기 시작했다. 갑자기 웬 춤인가 싶어 어리둥절하던 나는, 곧 두 사람의 춤에 빠져들었다. 붉어진 뺨과 머리카락이 얼굴에 달라붙을 때마다 음악에 뒤섞이는 두 사람의 웃음소리, 머리 위로 쏟아지는 햇살과 간간이 불어오는 바람. 공터는 어느새 완벽한 무대가 되었다.

음악이 끝나고, 두 사람이 들뜬 숨을 몰아쉬었다. 나는 있는 힘껏 손뼉을 쳤다.

"뭐야. 언제 연습했어? 진짜 아이돌 같았어!"

"정말? 몇 번밖에 못 맞추어 봤는데."

수성이가 환하게 웃으며 내 옆에 와 앉았다. 유나가 짠, 입으로 효과음을 내더니 한쪽에 놓인 상자를 들어 보였다. 도넛 상자였다.

"콜라도 있어. 미지근하지만."

나란히 앉아 콜라 캔을 땄다. 미지근하지만 톡 쏘는 탄산이 목 아래로 넘어갔다.

"별이 너한테라면 보여 줄 수 있을 것 같았어."

수정이가 콜라 캔을 만지작거리다가 불쑥 입을 열었다.

"다른 애들한텐 안 보여 줄 거야? 그렇게 멋졌는데?"

"그럴 용기가 없어."

의외였다. 언제나 당당하고 못하는 게 없는 수정이가 그런 말을 하다니. 캔에서 흘러내린 물방울이 수정이의 손등을 지나, 땅바닥에 툭 떨어졌다.

"나 말이야. 애들 앞에선 아무렇지 않은 척 말했지만, 사실은 기획사 계약 무산되었을 때 엄청나게 충격받았어. 아이돌이 되지 못해서 충격을 받은 건 아니야. 그때 조작되었던 메시지 같은 거 있잖아. 대부분이 반의 단톡이나 단체 사진에서 오려 낸 거였어. 반 친구들이나 적어도⋯⋯. 어쨌든 내 주변 사람이 그랬단 거잖아. 다들 나에게 잘한다고 했던 건 거짓말이 아닐까. 사실은 내가 춤추는 걸 보면서 비웃고 있었던 걸까. 내가 그렇게까지 싫었던 걸까. 또 그런 일이 생기진 않을까. 그런 생각이 들어서 무서웠어. 한동안은 밖에도 못 나갔어."

그래도 춤을 추고 싶다는 열망은 꺾이지 않았다. 수정이는 사건이 일어나고 한참이 지날 때까지 댄스 학원을 그만두지 않았다. 나가는 날보다 나가지 않는 날이 더 많았지만, 학원을 그만두면 다시는 춤을 출 수 없을 것만 같았다.

"결국엔 그만뒀지만."

수정이가 쓸쓸하게 웃었다.

"그 뒤로 사람들 앞에서 춤출 수가 없었어. 진짜 추고 싶었는데. 집에서는 춤을 추면, 엄마가 엄청나게 걱정하는 표정으로 날 본단 말이야. 엄마도 그 사건이 엄청난 상처였던 거야. 그런데 유나가 여기를 알려 줬어. 여기라면 다른 사람 눈에 띄지 않고 출 수 있다고."

"여기 내 비밀 아지트거든. 이 안쪽에 공간 있는 거 아는 사람, 거의 없을걸."

유나가 작게 브이를 그려 보였다.

"혼자서 춤을 추려니깐 못 추겠더라. 그런데 유나가 같이 춰 주니깐 점점 즐거워졌어. 그러다 보니깐 별이 너한테 보여 주고 싶어졌고."

"나한테?"

유나가 도넛을 집어 나와 수정이에게 하나씩 건넸다.

"응. 그냥 왠지 너한텐 보여 줘도 될 것 같았어."

동그란 도넛을 한 입 베어 물었다.

"달다."

"응."

그 달콤함이, 이 순간이, 어딘가에 영원히 남을 것만 같았다.

"수정아. 나 이 문제 좀 가르쳐 줘."

조회 시간이 끝나자마자 이찬우가 교실로 뛰어 들어왔다. 체육 대회 이후 한 번도 마주친 적 없던 이찬우의 등장에 바짝 긴장됐다.

"뭔데? 학원 숙제?"

"응. 수학 21번."

수정이가 문제집을 꺼내 펼치는 동안, 이찬우는 앞자리 의자에 걸터앉아 나를 빤히 응시했다. 그러다 눈이 마주치자 히죽 웃었다. 체육 대회 아침에 복도에서 봤던 그 표정이었다. 이찬우가 내게 무어라 말하는 듯, 소리 없이 입만 벙긋거렸다. 무시했다. 유나의 친구 만들기 작전이 잘 진행되는 중에 괜히 이찬우와 엮여서 좋을 게 없었다.

"요즘 수정이 너, 우리 반의 나유나랑 친한 것 같더라."

하지만 이찬우의 입에서 나유나의 이름이 나온 순간, 더 이상 무시할 수가 없었다.

"응. 별이 덕분에 친해졌어."

"흐음. 한별하고 나유나가 친했어?"

이찬우가 나를 향해 근사하게 웃어 보였다. 이찬우에 대해 몰랐던 때라면 나도 그 웃음을 멋있다고 여겼을 거다. 하지만 지금은 《지킬 박사와 하이드》의 지킬처럼 보일 뿐이었다.

"한별이 넌 나유나랑 성격 별로 안 맞을 것 같은데."

"네가 내 성격을 뭘 안다고 그래?"

뾰족하게 받아쳤지만 이찬우의 표정 연기는 계속되었다.

"에이. 왜 그렇게 날카로워? 쪼끄만 게 성격 있네. 사람은 역시 겉으로 보이는 게 다가 아니라니까. 너 꼭 치와와 같다. 나 치와와 엄청나게 좋아하는데."

이찬우가 손을 뻗어 내 정수리를 마구 쓰다듬었다. 너무 순식간에 당한 일이라 막지도 못했다.

"하지 마."

무슨 꿍꿍인가 싶어 이찬우의 팔을 쳐냈다. 툭. 옆에서 부러진 샤프심 조각이 내 뺨에 따끔하게 날아들었다.

"뭐야. 언제부터 둘이 그렇게 친했어?"

수정이가 웃으며 물었다. 하지만 눈은 웃고 있지 않았다.

6월 9일.

도전장은 던져졌다

이찬우가 미쳤다. 미쳤다고밖엔 여겨지지 않는다. 나는 눈앞에 내밀어진 아이스크림을 사납게 노려봤다.

"별아. 왜 안 받아? 너 이거 좋아한다고 했잖아."

"내가 언제?"

"은근히 부끄럼 많이 탄다니깐."

뺨에 따끔따끔한 시선이 느껴졌다. 옆에 앉은 수정이는 묵묵히 문제집만 들여다보고 있었다. 나를 죽일 듯이 노려보고 있는 건 희진이었다. 이해한다. 희진이는 수정이가 자신의 워너비라고 선언할 정도로 수정이를 좋아한다. 그리고 수정이가 이찬우를 좋아한다는 것을 모르는 애는 없다. 사귀지는 않지만, 1학년에서 제일 유명한 비공식 커플. 이찬우와 수정이 중 누가 먼저 고백을 할까, 하는 건 심심한 아이들 사이에

선 좋은 이야깃거리였다.

그런데 이찬우가 다른 여자애한테 호감을 보인다? 그것만으로도 입방아에 오르락내리락할 일인데, 그 여자애가 수정이의 친구다. 그것도 옆자리 짝꿍인 데다 하루 종일 붙어 다니는 절친이다? 나 같아도 희진이처럼 그 애를 못마땅하게 여겼을 거다. 그 애가 이찬우를 좋아하든 말든 그런 건 상관없다. 내 친구 수정이의 마음을 아프게 했다는 게 중요하다.

문제는 지금, 다른 애들이 보기에 그 여자애가 나라는 거다. 맙소사!

"너 대체 왜 이래?"

"뭐가?"

이찬우는 일주일 전부터 매 쉬는 시간마다 우리 반에 찾아왔다. 수정이에게 용건이 있는 척 책상 앞에 버티고 서거나 앞자리 의자를 돌려 앉아서는 계속 내게 말을 걸었다. 그 탓에 유나와 어울릴 수도 없었다. 유나는 우리 반에 찾아왔다가도 이찬우를 보면 슬그머니 교실을 나가 버렸다. 그것만으로도 짜증이 나는데, 이찬우가 내게 건네는 말. 그 말들은 더욱 신경을 긁었다. 아이스크림만 해도 그렇다. 나는 이찬우와 일대일로 대화한 적도, 번호나 SNS 아이디를 교환한 적도 없다. 하지만 이찬우는 나와 대화라도 한 듯이, 내가 좋아했다고 하면서 아이스크림을 내밀었다. 옆에서 들으면 내가 이찬우와 친하다고 오해할 여지가 충분했다. 내가 왜 이러냐고 정색을 해도 능글맞게 넘겨서 오해를 풀 수도 없었다.

아마도 이건 계략이다. 나와 수정이의 사이를 갈라놓으려는 계략. 하지만 대체 왜?

"이찬우. 너 문제 가르쳐 달라고 와서 자꾸 딴짓할래?"

수정이가 볼펜을 거칠게 내려놓았다. 가시 돋친 말투가 쿡, 나를 찔렀다.

"에이. 왜 그래. 수정이 너답지 않게."

이찬우가 넉살을 떨어도 수정이의 굳은 표정은 좀처럼 펴지지 않았다. 이찬우는 문제집을 들고 자리에서 일어나는가 싶더니, 내 앞머리를 스치듯이 만지며 "머리 잘랐나 봐. 예쁘네."라고 말하곤 교실을 나갔다. 더 이상 이대로 당하고 있을 수만은 없었다. 수정이와의 관계 어쩌고를 떠나서 이찬우가 자꾸 머리며 팔을 만지려고 하는 게 싫었다. 나는 분기에 차서 이찬우를 뒤따라 나갔다.

"야! 기다……."

교실을 나가 이찬우를 불러 세우려 했지만 그럴 필요가 없었다. 교실 앞에 서 있던 이찬우는, 내가 나오자마자 벽으로 몰아세우더니 눈앞에 휴대폰을 들이밀었다. 그 와중에도 주변에 별이랑 할 이야기가 있다고 이미지 관리를 하는 것을 잊지 않았다.

"뭐야?"

"이거. 이 댄스 챌린지. 이걸로 내기하지 않을래?"

이찬우의 휴대폰 액정 속에는 댄스 챌린지 영상이 떠 있었다. 보기에는 쉬운데 난이도가 높아서 이 챌린지를 얼마나 멋지게 해내는가로 아이돌 팬덤 사이에서 경쟁이 일어났다는 챌린지였다. 덕분에 챌린지에 별 관심이 없는 나조차 알 정도로 요즘 쇼츠 동영상은 온통 이 챌린지로 도배되어 있었다.

"이 챌린지. 동시에 업로드해서 '좋아요'를 더 많이 받는 쪽이 이기는 거야."

"내가 이런 걸 왜 해야 하는데?"

이찬우가 내게로 바짝 붙어 서더니 허리를 굽혀 귓가에 속삭였다.

"안 그러면 계속 장난칠 거거든. 네가 이기면 장난 끝."

"뭐? 너 나한테 왜 이러는데?"

"네가 끼어들어서 기껏 공들여 준비한 장난을 망쳤잖아. 그러니깐 이쯤은 어울려 줘야지."

"장난? 너 그거 체육 대회 날 말하는 거야? 서성건하고 유나 괴롭힌 게 장난이라고?"

목소리가 저절로 커졌다. 이찬우는 쉿, 하며 손가락을 입에 대 보였다. 쉿은 무슨. 나는 발표라도 하듯이 목청 높여 한 음절씩 또박또박 외쳤다.

"아무 잘못 없는 애를 몰카범으로 몰려고⋯⋯."

이찬우의 손바닥이 내 입을 틀어막았다.

"조용히 해. 나유나 다시 험한 일 겪게 하기 싫으면."

나를 내려다보는 이찬우의 눈빛이 뉴스에 나오는 사람 같았다. 있잖은가. 그런 사람들. 죄 없는 길고양이를 죽이고 체포되어서는 술에 취해서 그랬다고 변명하는 사람들. 마스크를 뒤집어쓴 그들의 눈. 한마디로 상종하고 싶지 않은, 소름 끼치는 눈빛이었다. 나는 고개를 마구 흔들어 이찬우의 손바닥에서 벗어났다.

"누가 너 좋을 대로 해 줄 거 같아?"

"하게 될걸. 아. 그래. 서성건하고 나유나도 같이 해라. 그게 조건이야. 업로드 날짜는 다음 주 토요일 오후 7시. 딱 하루 동안 누가 더 '좋아요'를 많이 받는지 겨루는 거야. 공평하지?"

공평은 무슨. 이찬우는 수정이와 함께 댄스 학원도 다녔고, 지금도 SNS에 종종 춤추는 영상을 올리고 있다. 팔로워도 웬만한 인플루언서만큼 많다. 이찬우가 이길 게 뻔한 내기였다. 나는 이찬우를 쏘아보고는 교실로 돌아왔다. 수정이에게 털어놓자 싶었다. 이찬우가 유나를 어떻게 괴롭혔는지, 체육 대회 날 아침에 무슨 일이 있었는지, 이찬우가 왜 내게 관심 있는 척을 하는지 등등. 솔직하게 이야기하면 수정이도 분명히 더 이상 오해하지 않을 거다. 무엇보다 수정이도 이찬우의 본성에 대해 알 필요가 있다.

"수정아."

자리에 앉아 수정이를 부르자, 수정이는 기다렸다는 듯이 내게 쪽지를 건넸다. 반듯하게 접힌 쪽지를 조심스럽게 폈다.

– 별아. 나 이전에 집에서 나오지도 못했던 적 있다고 했잖아. 그
   때 날 지탱해 준 게 찬우야. 내가 찬우를 아주 좋아한다는 걸
   꼭 알아줬으면 해. 너니까 이런 마음도 전할 수 있는 거야. 혹
   시라도 찬우랑 무슨 일 있으면 나한테 꼭 알려 줘. 꼭이야.

몇 번이고 고쳐 쓴 듯, 종이에는 지우개 자국이 남아 있었다. 수정이가 내 반응을 살피는 기척이 느껴졌다. 나는 차마 고개를 옆으로 돌리지 못했다. 선생님이 교실에 들어와 수업이 시작된 후에도, 한 손에 쪽지를 쥔 채 뻣뻣하게 칠판만 응시했다. 쪽지를 쥔 손바닥에 땀이 배어 나왔다.

지금도 사람들 앞에서는 춤을 추지 못하겠다는 수정이.

이찬우가 좋은 사람이라고 믿는 수정이.

이찬우를 좋아하는 수정이.

그런 수정이의 마음을 짓밟기엔 내가 수정이를 너무 좋아하고 아낀다.

무엇보다 나는 너무 잘 알았다.

좋아하는 사람이 순식간에 없어져 버리는 허탈함을.

탁자 한가운데에 산더미처럼 쌓여 있던 감자튀김이 어느새 바닥을 드러냈다. 이찬우의 내기에 대해 의논하려고 서성건, 유나와 함께 패스트푸드점에 왔다. 돈을 모아 감자튀김 다섯 봉지를 사서 쟁반에 붓고 하나씩 집어 먹으며 이찬우와 있었던 일을 이야기했다. 이야기할수록 분이 차올라서 감자튀김이 이찬우라도 되듯이 와작와작 씹고 또 씹었다. 아무리 씹어도 어떻게 해야 할지 마음이 갈팡질팡, 결정을 내릴수가 없었다.

"나!"

내가 이야기를 끝내자마자 유나가 다급히 외쳤다. 유나는 그때까지 감자튀김에는 손도 대지 않고 하얗게 질린 얼굴로 앉아 있었다.

"나, 나는 그거 해 보고 싶어. 물론 알아. 이기기 쉽지 않을 거고, 만약 이겨도 이찬우가 약속을 지키지 않을 수도 있다는 거. 하지만 해 봐서 나쁠 건 없잖아. 벌칙이 있는 것도 아니고. 혹시, 혹시라도 우리가 이기면 이찬우한테 한마디라도 할 수 있을 거고! 그러니깐 나는……."

하얗던 유나의 얼굴이 점점 빨갛게 달아올랐다.

"나는…… 아무것도 못 하고 당하기만 하는 거, 이젠 싫어."

번쩍 정신이 들었다. 유나의 말대로였다. 나도 아무것도 하지 않고 지는 건 싫었다. 이찬우가 일방적으로 내민 도전장이라도, 도망치지 않고 맞서고 싶었다. 수정이 때문만이 아니라 나를 위해서 그러고 싶었다.

"미안. 너희는 하기 싫을 수도 있는데 나 혼자 폭주해서."

유나가 푹 고개를 숙였다.

"아냐. 나도 해 보고 싶어."

"정말?"

유나가 고개를 들고 나를 봤다. 억울한 누명을 쓰고 감옥에 갇힌 두 명의 죄수가 탈옥을 결의하듯이 뜨거운 눈빛을 교환하고 있는데, 휴대폰이 울렸다. 단체 채팅방이 생겨나 있었다.

"작전을 짜려면 단톡방이 있는 게 좋잖아."

서성건이 휴대폰을 들어 보였다.

의견 일치. 대동단결.

우리는 이찬우와 정면으로 맞서 싸울 것이다.

> 얘들아. 내일 모이기로 한 거, 우리 집에 오지 않을래?   오후 8:10

단톡방에 처음 글을 올린 건 유나였다. 학원이 끝나고 집에 오는 길이었다. 학원 친구들을 따라 편의점 안으로 들어가면서 한 손으로 톡톡 휴대폰 자판을 쳤다.

> 오후 8:10   집에? 그래도 돼?

> 엄마한테 토요일에 친구 만나러 간다고 했더니
> 그럼 집으로 부르래. 맛있는 거 해 준다고.
> 완전히 신났어. 제발 와 줘.   오후 8:11

> 오후 8:12   난 찬성.

> **나도 찬성.** 오후 8:12

　나와 거의 동시에 서성건도 답변을 올렸다. 서성건과의 첫 메시지 대화가 단톡이 될 줄이야. 이전에 아이디 교환을 했지만, 한 번도 단둘이 메시지를 주고받은 적은 없었다. 첫마디를 뭐라고 보낼지 고민하다가 타이밍을 놓쳤다. 아쉬운 마음에 입맛을 다시는데, 새로운 메시지 창이 하나 액정에 불쑥 떠올랐다.

> **너 뭐 좋아해?** 오후 8:13

　서성건이었다. 서성건이 내게 따로 메시지를 보냈다! 텔레파시라도 통한 건가 싶어 가슴이 두근거렸다.

> 오후 8:13 **좋아하는 거?**

　너, 라고 대답하고 싶은 걸 꾹 참고 초코 우유, 라고 보냈다. 처음으로 서성건과 메시지를 주고받은 것에 기분이 두둥실 떠올랐다. 휴대폰에서 눈을 떼지 않고 친구들 뒤를 따라 편의점 계산대로 향했다. 편의점 직원이 친구들이 고른 과자를 바코드로 찍었다.

"아. 맞아. 거기 머리 묶은 학생. 잠깐만요."

편의점을 나가려는데, 편의점 직원이 나를 불렀다. 편의점 안에 나와 친구들뿐이었고 그중 머리를 묶은 건 나뿐이라, 헷갈릴 수가 없었다.

"저요?"

"맞아요. 이거 가져가요."

편의점 직원이 계산대 너머로 초코 우유를 내밀었다. 엉겁결에 계산대로 다가가 초코 우유를 받았다.

"전 이거 산 적 없는데요."

"아까 어떤 남자애가 사서는 학생 주라고 했어요."

"남자애요?"

"펭귄 닮았던데요."

초코 우유를 받아 들고 편의점을 나갔다. 6월의 후덥지근한 밤바람이 훅 불어왔다. 띠링. 휴대폰이 울렸다. 성건이와의 대화창에 초코 우유를 찍은 사진이 한 장 올라왔다.

> 아까 편의점에서 너 봤어.   오후 8:14
>
> 친구들이랑 있길래 쑥스러워서 아는 척을 못 했어.

대신 카운터에 선물 맡겨 놨어.

네가 좋아하는 거. 오후 8:15

어쩌지. 서성건이 좋다.

커져 버린 마음이 앞머리와 함께 흔들거렸다.

6월 10일.

해파리와 로봇

　　토요일 오전, 나는 고민에 빠져 있었다.

　　"한별! 벌써 11시! 토요일이라고 늦잠 자지 말고 일어나! 어머."

　　노크와 거의 동시에 방문을 연 엄마가 놀란 듯 탄성을 질렀다.

　　"일어나 있었네. 그런데 옷 다 꺼내 놓고 뭐 하니?"

　　"엄마. 내 청바지 못 봤어? 패치 붙은 거."

　　유나네 집에 갈 때 대체 뭘 입고 가야 할까. 어제저녁부터 고민했지만 도저히 정할 수가 없다. 치마를 입고 가기엔 너무 신경 쓴 티가 날 것 같다. 그렇다고 성건이를 만날 텐데 꼬질꼬질한 추리닝 차림으로 가기는 싫다. 아침에 눈을 뜨자마자 옷장 안의 옷을 몽땅 꺼내 입어 보며 거울 앞 패션쇼를 펼쳤지만, 이거다 싶은 게 없었다.

"그거 어제 네 방 청소하다가 빨려고 가져갔지. 참, 너 엄마가 서랍에 과자 같은 거 넣어 두지 말랬지. 벌레 생긴다니깐."

"그 청바지는 때 탄 게 아니라 원래 색이 그런 거야. 잠깐만, 과자?"

서랍에 넣어 둔 하루 쿠키와 한 시간 쿠키! 가슴이 철렁 내려앉았다. 나는 들고 있던 옷을 집어 던지고 서랍을 열었다. 다행히 쿠키는 서랍 안에 그대로 있었다.

"엄마! 왜 내 서랍을 막 열고 그래!"

"그럼 방 청소를 제대로 하던가."

엄마는 내 짜증을 태평하게 받아넘기며, 바닥에 널브러진 옷가지를 주위 들었다.

"그나저나 웬일로 옷에 이렇게 신경을 써? 수학여행 갈 때도 학교 체육복 입고 가던 애가."

"그냥……. 이따가 친구 집에 갈 거라서."

말끝을 흐리며 엄마의 손에서 옷을 건네받았다.

"친구? 뭐야. 설마 남자 친구야?"

"아니야! 그냥 친구!"

아차. 너무 흥분하면 오히려 변명 같을 텐데. 내가 입을 꾹 다물자 엄마가 내 뺨을 콕 찔렀다.

"어이구. 남자 친구 사귀는 게 죄도 아니고 뭘 그렇게까지 놀래."

"엄마는 내가 남친 사귀어도 아무렇지도 않아?"

엄마가 이렇게나 오픈 마인드였을 줄은 몰랐다. 안심이 되면서도 묘하게 서운했다. 하나뿐인 딸을 빼앗기기 싫다거나 뭐 그런, 상투적인 질투를 한 번쯤은 받아 보고 싶기도 했다. 다른 집 부모님들은 공부에 방해가 되니깐 대학 간 뒤에 사귀라고 하던데. 내가 그렇게 중얼거리자 엄마는 연애를 하든 뭐 하든 공부할 애들은 한다, 라며 반박할 수 없는 일침을 날렸다.

"농담이야. 아니, 진짜지만. 엄마는 별이 네가 공부만 하느라 타인을 좋아하지도 못하는 사람이 되면 그게 더 싫을 것 같아."

"왜? 다른 사람을 좋아하지 않아도 자기 자신을 사랑하면 되는 거 아냐? 럽마셀 유행이잖아."

"자기 자신을 사랑하는 거랑 자기 자신만 사랑하는 건 달라."

엄마가 양손을 눈 옆에 두고 도로라도 내듯이 앞으로 쭉 밀었다.

"왜, 사랑을 하면 이렇게 시야가 좁아져서 주변을 보지 못하게 된다고 하잖아. 그래도 이 상태면 나와 상대, 둘은 보인단 말이야. 상대가 보이면 그 상대의 주변까지도 보이고. 그러니깐 결국 많은 걸 보게 되지. 그런데 자기 자신만 사랑하는 건."

엄마는 대뜸 손바닥으로 내 눈을 가렸다. 눈앞이 깜깜해졌다.

"이렇게, 아무것도 보이지 않게 되는 거야."

"아무것도?"

"심지어 자기 자신조차도."

나갈 때 어지른 거 다 치우고 나가. 엄마는 그렇게 말하곤 방을 나갔다. 나는 패치 청바지를 포기하고, 결국 무난한 면 비지에 티셔츠를 입었다. 방을 나가려다가 잠시 고민 끝에, 서랍 속 쿠키 두 개를 가방에 챙겨 넣었다. 혹시라도 엄마가 쿠키를 먹고 시간을 되돌리는 경험을 하면 큰일이다. 주변에 자기가 시간 이동을 했다고 떠들어서 이상한 사람 취급을 받는 엄마의 모습이 마구 상상되었다. 떠드는 시점에서 쿠키의 효과가 사라져서 원래대로 돌아올 테지만, 그 순간 느낄 엄마의 공포는 진짜일 거다. 앞으로는 웬만하면 쿠키를 가지고 다녀야겠다. 부서지지 않게 전용 파우치라도 만들까. 쿠키를 넣을 거니깐 귀여운 식빵 모양 파우치가 좋겠다.

　나는 집을 나섰다.

　잘할 수 없다면 웃겨라!

　우리가 세운 작전이다. 나도 몸치, 성건이도 몸치. 춤을 춰 본 사람은 유나뿐인데 실력으로 이찬우를 이기는 건 사실상 무리다. 머리를 맞대고 한참이나 의논한 끝에 아예 방향을 틀기로 했다. 사람들이 많은 곳에서 슬랩스틱같이 무표정하게 춤을 추는 영상을 짧게 짧게 이어서 편집하기로 했다. 유나네 집에서 모인 지 어느새 한 시간. 유나의 어머니가 엄청난 환대와 함께 내어 주신 간식 덕분에 회의는 순조롭게 진행되었다. 역시 머리를 쓸 때는 단 게 최고다.

　"어제저녁에 춤을 분석해 봤어. 너무 어려운 동작이 많더라. 그래서 포인트만 살리고 나머진 쉽게 바꾸어 봤어."

　유나가 나와 성건이에게 종이를 한 장씩 나누어 주었다. 종이에는 춤이 한 동작씩 그려져 있었다. 그림도 수준급인 데다 적혀 있는 설명도 알기 쉬웠다.

　"바운스 업만 집중적으로 연습하자. 딱 한 동작만 제대로 해도 그럴싸해 보여. 진짜 못하는 애들이 과장되게 추는 것보다 포인트는 제대로 추면서 다른 부분만 그렇게 하는 게 훨씬 눈길을 끌 거야."

유나의 설명이 귀에 쏙쏙 들어왔다. 동영상만 봤을 땐 도저히 따라 출 수 없을 것 같던 동작을 해낼 수 있을 것 같은 자신감이 조금씩 생겨났다.

"유나, 너 프로 안무가 같아."

"정말. 이렇게 안무 분석하는 건 전문가만 할 수 있는 거잖아."

나와 성건이의 칭찬에 유나는 수줍게 손을 내저었다.

"에이, 아냐. 나 댄스 학원 3년 가까이 다녔는걸. 그럼 다 이 정도는 해."

"수정이랑 같은 학원이었다고 했지?"

"응. 수정이는 그때도 인기 많았어. 이찬우가 수정이한테 고백했다가 차인 적도 있어."

"뭐, 진짜?"

"응. 내가 직접 봤어. 이찬우가 수업 직전에 애들 다 있는 데서 고백했거든. 수정이가 단칼에 싫다고 해서 애들이 웃고 난리 났어."

내가 찬우를 많이 좋아한다는 걸 알아줬으면 해. 수정이가 건넸던 쪽지가 떠올랐다. 그렇게나 이찬우를 좋아하는 수정이가 고백을 거절했었다니, 의외였다. 성건이도 나와 비슷한 생각을 했는지 "둘이 친한 줄 알았는데."라고 중얼거렸다. 유나는 그 말에 고개를 가로저었다.

"수정이랑 이찬우. 그땐 별로 안 친했어. 이찬우가 학원 그만둘 때까지 수정이가 대놓고 이찬우 무시해서 수업 분위기 안 좋았어. 고등학교 와서 둘이 친해졌기에 좀 놀랐었어."

"차여서 학원까지 그만둔 거야?"

"모르지. 언제였더라. 수정이가 기획사 콜 받기 바로 전이었나 후였나. 아, 전이다. 9월 말이었다. 나 그때 처음으로 학원 월말 평가에서 일등 했거든. 그래서 똑똑히 기억해."

유나가 살짝 미간을 찌푸렸다.

"……그러고 보니 그때 이찬우가 나한테 말 걸었어."

유나가 다녔던 댄스 학원은 아이돌 데뷔나 진학을 목표로 하는 애들보다는 취미로 가볍게 춤을 배우는 아이들이 많았다. 월말 평가도 재미를 위해 아이돌 기획사에서 쓰는 용어를 따온 것일 뿐, 아이들 사이의 인기투표 같은 거였다. 그래서 늘 수정이와 이찬우가 번갈아 가면서 일등을 했다. 하지만 9월 마지막 주, 학생들이 춤을 외워 오지 않는 것에 화가 난 선생님이 기준을 바꿨다. 가장 정확하게 추는 사람이 일등을 하는 것으로. 춤을 다 외워 온 건 유나뿐이었다.

"일등 하면 만 원짜리 상품권하고 사탕 이렇게 큰 거 한 봉지 주거든. 평가 끝나고 주변 애들한테 사탕 나눠 주고 있는데 이찬우가 와서는 갑자기 묻는 거야. 너희 엄마하고 선생님하고 같은 미용실 다녀서 친하지 않느냐고."

그때까지 말을 섞어 본 적 없던 이찬우의 뜬금없는 질문에 당황한 유나는 그게 왜?, 라고 되물었다. 그러자 이찬우는 아니 뭐, 라고 말끝을 흐렸다. 그러곤 다음 날, 선생님은 지친 표정으로 월말 평가를 없애기로 했다고 발표했다. 학부모에게서 평가가 공정하지 않다고, 선생님이 친분을 이유로 실력 없는 아이에게 일등을 준 것 아니냐는 항의가 들어왔던 거였다.

"다들 이찬우 엄마일 거라고 예상했어. 중학교에서도 유명했거든. 툭하면 교무실에 전화 걸어서 따지는 걸로. 이찬우가 체육 시간에 축구 시합에서 지면 팀 편성이 제대로 된 거냐고 따지고 수행 평가에서 감점되면 기준이 잘못된 거 아니냐고 전화하고."

그 의심을 뒷받침하기라도 하듯이 이찬우는 그날부터 학원에 나오지 않았다. 유나도 한 달 후 학원을 그만뒀다. 선생님이 시달린 것도, 월말 평가가 없어진 것도 어쩐지 자기 탓인 것만 같아 괜히 눈치가 보였다.

"혹시 이찬우. 그때 너한테 일등 빼앗긴 걸로 앙심 품은 거 아냐?"

"에이. 설마. 고작 그런 걸로?"

웃으며 손을 젓던 유나의 입꼬리가 서서히 일그러졌다. 나와 성건이, 유나 누구도 입 밖으로 내진 않았지만 똑같은 생각을 한 게 분명했다.

이찬우라면 '고작 그런 이유'로 충분히 그럴 수 있다.

"……말도 안 돼."

유나의 눈가에 눈물이 차올랐다.

"진짜 고작 그 이유라고?"

여긴 내 아지트거든. 수정이와 유나가 둘만의 무대를 선보였던 날, 유나는 그 말 뒤에 덧붙였다. 하지만 아지트에 있는 게 썩 좋진 않았어, 라고. 도넛을 다 먹고 손에 묻은 슈거 파우더와 함께 무덤덤하게 털어 낸 고백이었다. 혼자 아지트에 앉아 있으면 소각로에서 타 죽었다는 사람의 귀신이라도 나타나 주면 좋겠다고 바란 적이 있다고. 무서운 건 질색인데도 그랬다고. 농담이라도 하듯 가벼운 말투였지만 그때도 눈가에는 눈물이 고여 있었다.

그때처럼 모른 척해야 하는 걸까. 아니면 이찬우 욕이라도 해야 할까. 종이 끄트머리를 만지작거리다가 벌떡 일어났다.

"설명만 들으니깐 잘 모르겠어. 나 한번 춰 볼게!"

나는 춤을 췄다. 유나가 설명해 준 대로 추려고 했지만, 몸이 통 말을 듣지 않았다. 왼팔을 신경 쓰면 오른팔이 멋대로 움직이고, 몸통만 흔들려고 했는데 헤드뱅잉이라도 하듯이 머리까지 함께 흔들렸다. 창피했다. 귓불로 열이 올라올 만큼 창피했지만, 꿋꿋이 계속 췄다. 풍선에서 바람 빠지는 듯한 웃음소리가 들렸다.

"별아. 너 지금 약간 해파리 같아."

유나가 눈가에 맺힌 눈물을 닦으며 나를 올려다봤다.

"해파리라니! 평가가 너무 냉정한 거 아냐? 성건이 네가 봐도 그래?"

"어? 나? 나는……."

성건이는 두어 번 크게 눈을 깜빡거리더니 무어라 말하려는 듯이 입을 벌렸다. 하지만 입 밖으론 어떠한 말도 굴러 나오지 않았다. 성건이는 앞에 놓인 물컵을 집어 들어 단숨에 마시더니 자리에서 일어나 내 옆에 섰다.

"나는 별이가 나보단 잘 춘다고 생각해."

성건이가 춤을 췄다. 춤이라기보단 앉았다 일어나기 운동을 하는 것 같은 딱딱한 움직임에 웃음이 터졌다.

"내가 해파리면, 성건이 얘는 로봇이다!"

"미치겠다. 해파리와 로봇."

웃음은 전염된다. 우리는 함께 배를 잡고 웃었다. 이찬우가 일등을 빼앗겼다는 시답지 않은 이유로 유나를 괴롭힌다면, 나는 시답지 않은 일로 유나를 웃게 해 주고 싶었다. 유나는 내 친구니깐.

한참 웃고 난 후 본격적으로 연습 일정을 정했다. 영상을 업로드해야 하는 날은 다음 주 토요일이다. 오전에 모여서 촬영하고 즉석에서 편집을 해서 올릴 예정이었다.

"토요일까지 점심시간하고 방과 후에 잠깐씩 맞춰 보자."

"아지트에서?"

"아지트?"

성건이가 무슨 말이냐는 듯이 물었다.

"맞아. 아지트."

나와 유나의 대답은 거의 동시였다.

6월 17~18일.
D-Day에 일어난 일

드디어 D-Day. 영상을 찍기로 한 토요일이다. 너무 긴장한 나머지 첫 촬영 장소인 학교에 약속 시간보다 40분이나 일찍 와 버렸다. 학교의 빈 교실, 다음은 시장 한가운데 있는 벤치, 마지막으로 공원 분수대 앞에서 촬영할 계획이었다. 성건이는 편집을 좀 더 잘해 보겠다고 2만 원이나 주고 동영상 편집 어플도 샀다.

잘해야지. 잘할 수 있을 거야. 잘해야만 해.

학교로 향하는 내내 부담감이 묵직하게 가슴을 짓눌렀다. 일주일간 무척 열심히 연습했다. 그놈의 바운스 업! 몸을 자연스럽게 숙였다가 일으키는 것뿐인데 좀처럼 멋들어지게 출 수가 없었다. 매일 아지트에서 유나의 구령에 맞춰서 허리를 숙였다가 펴기를 반복하고 나면 온몸이 아플 지경이었다. 피

곤을 이기지 못하고 수업 시간에 졸다가 선생님에게 걸린 것만 몇 번인지 모르겠다.

하지만 진짜 힘든 건 연습이 아니었다. 연습은 힘들긴 해도 즐거움이 더 컸다. 급식 먹는 시간도 아까워서 아지트에 모여 빵을 먹거나, 쉬는 시간에 운동장 한쪽에 있는 벤치에 모여 촬영에 대한 의견을 나누는 그 모든 과정이 함께라 즐거웠다.

힘든 건 수정이에게 거짓말을 해야 하는 거였다. 수정이는 왜 자꾸 나와 유나 둘이서만 어울리냐며 서운하다고 투덜거렸다. 유나와 함께 다이어트를 하기로 해서 급식을 먹지 않고 운동장을 걷기로 했다고 핑계를 댔다. "진짜야? 다이어트라고?" 수정이는 미심쩍은 듯 몇 번이고 물었다. 진짜야, 라고 답할 때마다 누가 양심을 바늘 끝으로 콕콕 찌르는 것만 같았다.

교실에 도착해 문을 열었다. 조용한 교실이 낯설기도 했지만, 혼자 교실을 독차지한 것 같아 설레기도 했다. 이왕 일찍 온 거 이럴 때가 아니면 해 볼 수 없는 걸 하자 싶었다. 나는 이어폰을 끼고 칠판 앞에 섰다. 좋아하는 플레이리스트를 들으며 칠판에 낙서하기. 내 버킷 리스트 중 하나였다. 중요한 건 언제 반 아이들이 올까 마음을 졸여선 안 된다는 거다.

나는 마카를 들고 칠판 한가운데 '디데이!'라고 썼다. 그 아래에는 춤추는 나를 그려 넣었다. 둥그런 얼굴에 철사 같은 팔다리를 이어 붙이고 한 발 뒤로 물러서 살펴보니 제법 그럴싸했다. 내친김에 옆에 성건이와 유나도 그렸다.

"누가 누구인지 모르겠네."

잠시 고민하다가 유나의 얼굴에는 빗금을, 성건이의 얼굴에는 동그란 안경을 그렸다. 내 발에는 굽 높은 운동화를 신겼다. 완벽해졌다. 세 사람 옆에 갖가지 크기의 음표를 그리며 콧노래를 흥얼거렸다. '이기고 싶어.' '즐겁게 연습한 만큼.' '파이팅.' '잘할 수 있어. 즐기자!' 가슴을 누르고 있던 부담감이 글자로 변해 점점 칠판을 가득 채워 나갔다. 손이 닿는 곳은 전부 찼다. 팔을 있는 힘껏 뻗으면 딱 한 문장 정도 더 쓸 수 있을 것 같았다. 마지막 한마디. 그건 역시 가장 이루어졌으면 하는 걸 적어야 한다.

나는 ○○○이 좋아.

성건이가 빈칸에 내 이름을 쓰는 상상을 하며 마카로 한 글자씩 또박또박 적어 나갔다. 저절로 입꼬리가 올라갔다.

동그란 말풍선이 생겨났다.

옆에서 끼어든 손이 내가 쓴 문구 옆에 말풍선을 그리곤 그 안에 글씨를 써 내려갔다.

누가 좋은데?

깜짝 놀라 옆을 보니, 어느새 성건이가 마카를 들고 옆에 서 있었다. 이어폰을 끼고 있던 탓에 성건이가 교실로 들어오는 소리를 듣지 못한 게 분명했다. 재빨리 귀에서 이어폰을 뺐다.

"일찍 왔네."

음악이 사라진 자리를 성건이의 목소리가 채웠다.

"긴장해서 빨리 일어났어."

"나도. 한숨도 못 잤어."

성건이도 긴장했다니 몰랐다. 어제 마지막 연습을 할 때도, 나와 유나가 저녁 내내 단톡방에서 온갖 이모티콘을 주고받으며 긴장된다고 떠들 때도 성건이는 덤덤하게 내일 보자고 했을 뿐이었다. 내가 그렇게 말하자 성건이는 멋쩍은 듯이 웃었다.

"너무 긴장하니깐 오히려 긴장했단 말을 못 하겠더라. 새벽에 진짜 별별 생각을 다 했어."

"무슨 생각?"

"음. 분하다는 생각. 내가 싸움을 못하는 게 분하고, 이찬우에게 직접 맞서지 못하는 게 한심했어."

성건이의 손이 천천히 움직였다. 내 손이 닿지 않아 비어 있던 칠판 위쪽에 동그라미가 하나, 둘, 셋. 성건이가 그린 건 펭귄이었다. 힘없이 쪼그려 앉아 울고 있는 펭귄.

"저거 너야?"

"나 별명 펭귄이거든."

펭귄이 우는 게 싫었다. 성건이가 자신을 탓하는 게 싫었다. 나쁜 건 이찬우인데, 왜 성건이가 분해서 잠까지 설쳐야 한단 말인가. 나는 의자를 들고 와 위에 올라섰다. 닿지 않던 칠판 윗부분에 너끈히 그림을 그릴 수 있게 되었다. 나는 펭귄 옆에 동그란 얼굴에 세모난 귀를 단 형체를 그렸다. 꼬리도 삼각형이다.

"그게 뭐야?"

성건이가 한참이나 내가 그린 그림을 들여다보다가 고개를 갸웃거리며 물었다.

"치와와. 이거 내 별명."

"아. 치와와⋯⋯."

치와와의 귀에 긴 선을 그렸다. 바닥에 닿도록 길게 그리고, 또 한 가닥의 선을 뽑아내 펭귄의 귀에 연결했다. 한 가닥에서 갈라져 나온 선 두 개가 치와와와 펭귄을 연결했다. 의자에서 내려와 주머니에 넣어 두었던 이어폰 한쪽을 성건이에게 내밀었다.

"내 회심의 플레이리스트 들려줄게. 이걸 들으면 힘이 날 수밖에 없어. 펭귄은 치와와와 함께 들을 테니깐, 넌 나랑 들어."

성건이는 내가 내민 이어폰을 보더니, 다시 칠판 위로 손을 뻗었다. 울고 있던 펭귄이 활짝 웃었다. 이어폰을 받아 드는 성건이의 표정은 펭귄을 똑 닮아 있었다.

"참. 저 땡땡땡의 답은 뭐야?"

"땡땡땡?"

성건이가 칠판 한쪽, 내가 적어 놓은 '나는 ○○○이 좋아.' 라는 문장을 가리켰다.

"어, 저건……."

얼굴에 열이 올랐다. 너야. 그 땡땡땡 안에 들어갈 건 네 이름이라고. 칠판에 써 놓은 디데이가 고백 디데이인가 싶었다. 말할까, 말까. 꼴깍 침을 삼켰다.

"뭐야. 내가 제일 늦었어?"

교실 문이 열리고 유나가 들어오지 않았다면 정말 말해 버렸을지도 모른다. 나는 입 밖으로 밀려 나오던 성건이의 이름을 꿀꺽 삼켰다.

"정…… 이안이야! 아이돌!"

결국 대충 둘러댔다. 언젠가 기회가 다시 올 거다. 일단 지금은 지금 해야만 하는 일을 하자 싶었다. 책상 위에 휴대폰이 놓였다. 음악 준비도 완벽했다. 교탁을 한쪽으로 밀고 교실 앞에 셋이 대형을 맞추어 섰다.

촬영이 시작되었다.

시장에서 우리는 완전 인기 스타였다. 시장 한복판에서 춤을 추면 장사에 방해가 된다고 혼이 나는 건 아닐까 싶었는데, 쓸데없는 걱정이었다. 우리가 춤을 추기 시작하자 장을 보던 아줌마들이 기다렸다는 듯이 뒤쪽에서 함께 춤을 췄다. 관광버스 춤부터 최신 유행 댄스까지 그야말로 춤판이 벌어졌다. 심지어 몇몇 분들은 우리보다도 훨씬 잘 췄다. 한 할머니는 대파를 품에 안고 블루스 추는 시늉을 하며 태연하게 챌린지 중인 우리 앞을 지나가기도 했다.

"편집 잘하면 영상 완전히 웃기게 나올 것 같아."

"그러게. 이젠 공원에서만 잘 찍으면 되겠다."

시장에서의 촬영을 마치고 공원으로 이동했다. 그런데 아뿔싸. 우리가 촬영지로 봐 둔 분수 앞에 너무 사람이 많았다. 무언가 행사가 있는 듯, 커다란 곰이 풍선을 나누어 주고 있었다. 도저히 챌린지를 찍을 수 있는 상황이 아니었다. 좀 더 한적한 곳을 찾기로 하고 공원 곳곳을 돌아다녔다.

"위쪽 산책로에 운동 기구 있잖아. 거긴 어때? 운동 기구 방치된 거나 마찬가지라서 사람들 잘 안 가더라."

성건이의 제안에 일렬로 서서 좁은 산책로를 올랐다. 명칭은 산책로인데 가파르기는 거의 등산로였다. 운동 기구가 보이기 시작하는 곳까지 올라갔을 때였다. 제일 앞에서 걷고 있던 유나가 갑자기 멈춰 섰다.

"왜 그래?"

"……이찬우가 있어."

유나가 옆으로 약간 비켜섰다. 나는 유나 옆에 가 서서 목을 길게 뺐다. 키 높은 수풀 때문에 잘 보이진 않았지만 철봉 옆에 사람 둘이 서 있는 건 알 수 있었다. 내 뒤에 선 서성건이 "어. 진짜네. 이찬우다."라고 중얼거렸다. 키 작은 사람의 설움이란. 까치발을 있는 힘껏 들자, 수풀 위로 이찬우의 얼굴이 보였다. 이찬우는 옆에 선 여자애와 다투고 있는 듯했다. 정확히는 여자애가 화를 내고 이찬우는 팔짱을 끼고 서 있었다. 그러더니 갑자기, 이찬우가 여자애를 껴안았다. 여자애는 이찬우를 밀어내지 않고 오히려 마주 껴안았다. 누가 봐도 사랑싸움이었다.

"내려갈까?"

셋이 다 함께 뒷걸음질한 것이 무언의 동의였다.

"방금 이찬우, 그 여자애랑 사귀는 걸까?"

왔던 길을 되돌아 내려오면서 유나가 건넨 말에, 나는 고개를 끄덕거렸다.

"그렇게밖에 안 보였지?"

"수정이랑 서로 좋아한다고 애들이 다 그러잖아. 둘이 썸 탄다고."

아마도 유나는 나와 같은 걱정을 했을 것이다. 수정이는 어떻게 하지, 라는 걱정. 나도 이찬우와 여자애가 끌어안은 걸 보자마자 이걸 수정이한테 알려 줘야 하나 말아야 하나 그 생각부터 들었다.

길을 다 내려와 다시 분수대 쪽으로 갔다. 그사이에 곰도 모여 있던 사람들도 사라진 상태였다. 이쯤이면 챌린지를 찍을 수 있겠다 싶어 휴대폰을 어디에 놓을까, 휴대폰 카메라로 이곳저곳을 비추어 보았다.

'지금은 촬영을 무사히 끝내는 것만 생각하자.'

약속한 동영상 업로드 시간까지는 이젠 다섯 시간밖에 남지 않았다.

"별아. 한별!"

흠칫 놀라 휴대폰에서 눈을 뗐다. 식탁 건너편에 앉은 엄마가 나를 매섭게 노려보았다.

"밥 먹을 때는 휴대폰 보지 말라고 했지? 오늘 너 좀 이상해. 모처럼 일요일인데 쇼핑 가자는 것도 마다하고 하루 종일 휴대폰만 붙잡고 있고."

"그냥 좀……. 수행 평가 때문에 친구한테 중요한 연락 올 게 있다니깐."

오후 6시 57분, 58분…. 1분 단위로 시간을 확인하긴 처음이었다. 앞으로 2분만 지나면 동영상을 업로드하고 딱 하루가 된다. 내기의 승패가 결정되는 시간! 어제 동영상을 업로드하고 거의 한 시간마다 확인했지만, 조회수는 좀처럼 오르지 않았다. 결국 휴대폰을 손에 쥔 채 잠들었다. 이렇게 계속 조회수를 확인했다가는 심장이 견디지를 못하겠다 싶어서 휴대폰을 서랍에 넣고 잠갔다가, 아예 꺼 버렸다가, 다시 꺼내서 들여다봤다가 일요일 내내 그야말로 생쇼를 펼쳤다. 유나와 성건이도 변변치 않은 조회수에 실망한 건지, 단톡방에 글 하나 올라오지 않아 더욱 불안했다. 하긴, 나도 뭐라고 글을 써야 할지 알 수 없어서 입력 창에 글을 썼다 지웠다만 반복했다. 파이팅? 져도 괜찮으니까 힘내자? 마음에도 없는 글을 전송할 수가 없었다.

반드시 이길 거라고 믿은 건 아니다. 질 확률이 훨씬 높은 것도 알고 있었다. 하지만 그게, 져도 괜찮다는 뜻은 아니었다.

드디어 7시. 휴대폰이 요란하게 울렸다.

6월 19일부터 일주일.

떨림이 몰아치다

ㄴ 대박. 중간에 할머니 난입 뭐임?

ㄴ 이제까지 본 챌린지 중에 제일 웃겨.

ㄴ 할머니가 든 거 총인 줄. 파야? 저거?

ㄴ 파총 할머니 ㅋㅋㅋㅋ

ㄴ 무표정 묘하게 중독적.

Notice

축하합니다. 오늘의 에디터 Pick! 영상으로 추천되었습니다.

터졌다. 우리가 올린 동영상 조회수가 그야말로 터졌다. 화면 전환용으로 삽입한 파를 든 할머니가 웃긴다고, 누군가 그 장면을 gif로 만들어 SNS에 올렸다. 그 게시글이 리트윗되면서 딱 두 시간 만에 '오늘의 영상'으로 선정될 정도로 조회수가 폭발했다.

"별아! 그 영상 봤어."

"뭐야. 너랑 유나만 그렇게 재미있는 거 찍고. 성건이랑은 언제부터 친했어?"

"유나 너 춤 잘 추더라."

월요일이 되어 학교에 가자마자 친구들이 나와 유나에게 몰려왔다. 그 소란스러움이 싫지 않았다. 옛날에 전쟁에서 이기고 돌아오면 나팔을 불고 북을 치면서 요란하게 축하해 주었다고 했다. 친구들의 목소리가 그 북소리 같았다. 나는 기꺼이 승리의 기쁨을 누렸다. 성건이가 함께면 좋을 텐데. 기쁜 만큼 아쉬웠다. 성건이는 일요일 아침에 독감에 걸려서 오늘 결석이라고 했다. 어쩐지 나와 유나가 단톡방에서 난리를 떨 때도 한마디도 하지 않아서 이상하다 싶었다. 오늘에야 열이 좀 내렸다는 성건이는 뒤늦게 단톡방을 만세 이모티콘으로 도배했다.

"한별. 나랑 이야기할 거 있지?"

복도에서 친구들에게 둘러싸여 있는데 틈새로 팔이 불쑥 뻗어 들어왔다. 이찬우가 굳은 표정으로 내 팔뚝을 잡고 끌어당겼다. 당연히 이길 줄 알았는데 졌으니 분하기도 할 거다. 이찬우가 올린 동영상도 꽤 높은 조회수가 나왔지만, 우리의 것엔 비할 바가 못 되었다. 혹시라도 이찬우가 시치미를 뗄까 봐 7시 정각에 캡처도 떠 났다.

"있지. 약속 지켜."

"잠깐 둘이 얘기 좀 해."

나를 둘러싸고 있던 친구들이 한 발씩 물러났다. 그 탓에 나와 이찬우 둘이 나란히 마주 서게 되었다. 유나가 걱정 마. 나도 있어, 라고 말하는 것처럼 내 팔을 꽉 붙잡았다.

"나는 할 말 없어."

"잠깐이면 돼."

이찬우가 또다시 내 팔을 잡아당겼다. 힘을 주고 버텼다. 이찬우와 단둘이 이야기하긴 정말 싫었다. 이찬우는 분명히 패배를 인정하지 않고 억지를 부릴 것이다. 이찬우의 손에 좀 더 힘이 들어갔다. 나도 질세라 발바닥에 더욱 힘을 줬다. 나와 이찬우는 보이지 않는 팽팽한 줄을 붙잡고 줄다리기를 벌였다.

"복도 막지 말고 좀 비켜 줄래?"

줄이 끊어졌다. 내 팔뚝을 잡고 있던 이찬우의 손등을 탁 소리 나게 내리친 건 수정이었다.

"수정아."

이찬우가 당황한 듯이 내 팔을 났다. 수정이는 나와 이찬우, 누구와도 눈을 마주치지 않고 곧장 교실 안으로 들어가 버렸다. 찬바람이 쌩쌩 부는 수정이의 태도에, 복도에 적막이 감돌았다.

"다들 왜 복도에 나와 서 있어? 들어가라. 조회 시작한다."

선생님이 교실로 걸어오면서 외쳤다. 모여 서 있던 아이들은 교실 안으로 빨려 들어가듯 사라졌다. 나도 교실로 들어가 자리에 앉았다.

"수정아. 아까 고마워."

나를 보는 수정이의 얼굴에는 조금의 웃음기도 없었다.

"고마운 게 아니라 미안한 거 아냐?"

"응? 어……. 아니. 미안한 건 없어."

수정이의 눈썹이 살짝 위로 치켜 올라갔다.

"없다고?"

목소리에서 온도를 측정할 수 있다면 온도계의 빗금이 영하로 쭉 내려갔을 거다. 수정이는 쌀쌀맞게 다시 고개를 돌렸다. 수정이가 왜 화가 난 건지 짐작이 가지 않았다. 설마 내가 이찬우와 다른 여자애가 끌어안은 걸 보았다고 말하지 않은 걸 알았나? 하지만 수정이가 독심술이 있는 것도 아닌데 어떻게? 별별 생각이 다 들었다. 수업 시간이 어떻게 흘러 갔는지 모르겠다.

"수정아. 나……."

쉬는 시간이 되자마자 수정이에게 말을 걸었다. 하지만 수정이는 벌떡 일어나더니, 나를 피하듯이 교실 밖으로 나가 버렸다. 다음 쉬는 시간도, 그다음 시간도 마찬가지였다. 결국 점심시간이 될 때까지 수정이와 한마디도 하지 못했다. 그래도 점심시간이 되면 대화를 할 수 있겠지 싶어 초조함을 꾹 억눌렀다. 수정이는 점심시간이 되자 곧장 교실을 나갔다. 언제나 친구들을 기다려 주던 수정이답지 않은 행동에, 나뿐만이 아니라 다른 애들도 당황한 눈치였다.

"수정이 배 아파서 보건실 간대."

희진이의 말에 다들 그렇구나, 하며 교실을 나갔다. 급식실에 가자 줄 끝에 서 있던 유나가 손을 흔들었다.

"수정이는?"

"아프대."

"정말? 그래서 아침에 기분이 안 좋아 보였구나."

수정이가 평소와 다르다고 느낀 건 유나도 마찬가지였던 모양이다. 나는 휴대폰을 꺼내 수정이에게 괜찮냐고 메시지를 보냈다. 하지만 아무런 답도 돌아오지 않았다. 휴대폰을 확인하지 못할 정도로 아픈가 싶어 더 걱정이 됐다.

"밥 먹고 보건실에 가 보자."

"어머. 수정이가 절대 아무도 오지 말랬어. 푹 쉬고 싶다고."

새된 소리로 대화에 끼어든 희진이의 표정은 사뭇 의기양양했다.

"나한테만 메시지 보내서 따로 부탁한 거야."

"아, 그래."

"별이 넌 네가 수정이랑 제일 친하다고 착각하고 가끔 선넘더라. 조심 좀 해. 수정이가 네가 얼마나 귀찮았으면 나한테 그런 부탁까지 했겠어?"

다다다 쏘아붙이곤 휙 뒤돌아서서 급식실 안으로 들어가 버리는 희진이의 뒷모습을 멍하니 바라봤다. 길을 걷다가 하늘에서 떨어진 새똥을 맞은 기분이었다. 뭐야. 나한테 왜 저러는데. 당혹스러움이 서서히 걷히면서 화가 치밀어 올랐다. 당장 희진이에게 말을 왜 그렇게 하냐고 따지고 싶었다. 주먹을 꽉 움켜쥐고 희진이를 뒤쫓아 가려는데 유나가 팔꿈치로 내 팔을 툭 쳤다.

"별아. 단톡방 봐."

그리고 보니 아까부터 주머니 속 휴대폰이 울리고 있었다. 유나의 거듭되는 재촉에 휴대폰을 꺼냈다.

나 금요일까지 쉬어야 한대.

성건이가 보낸 메시지가 단톡방에 연속으로 이어져 있었다.

우리 내기 이긴 거 축하하고 싶었는데.

학교 못 가서 서운.

이찬우가 시비 걸거나 하진 않았어?

주말에 셋이 같이 영화 보자.

축하 파티 대신에.

팝콘은 내가 쏨. 오후 12:40

성건이와 함께 영화라니! 치솟았던 화가 스르륵 가라앉았다.

엘리베이터에 붙은 거울에 다시 한번 얼굴을 비추어 보았
다. 립글로스를 바르고 외출한 게 처음이라 영 어색했다. 엄
마 말대로 좀 밝은 색 티셔츠를 입을 걸 그랬나. 검은색 티
셔츠 때문에 키가 더 작아 보이는 건 아닐까 싶어 괜히 등을

쭉 펴게 되었다. 긴장한 탓에 손바닥에 자꾸만 땀이 나서 바지춤에 손을 문질렀다.

긴장은 유나가 보낸 메시지에서 시작되었다. 영화관이 있는 건물 앞에 도착했을 때, 유나가 배탈이 나서 갈 수 없다고 단톡방에 글을 올렸다. 많이 아파? 내가 묻자, 개인 메시지가 날아왔다.

> 나, 생리통. 😭 오후 5:14

우는 이모티콘이 너무나 안쓰러웠다. 유나가 이날을 얼마나 기대했는지 알기에 더욱 그랬다. 약 먹고 푹 쉬어, 라고 휴대폰 자판을 치다가 깨달았다. 유나가 오지 못한다는 건…….

……나와 성건이 단둘이 영화를 보게 된다는 거였다!

그때부터 계속 긴장 상태다. 엘리베이터가 영화관이 있는 건물 7층에 도착했을 때는 손바닥이 끈적끈적했다. 몇 번이고 땀을 닦은 탓이다. 배가 아픈 것도 같았다. 엘리베이터 문이 열리자마자 화장실로 달려갔다. 화장실 칸에 들어가 양변기에 앉는데, 옆 칸에서 누군가의 통화 소리가 들렸다.

"몰라. 나도 짜증 나. 수정이 걘 진짜 왜 그러나 몰라. 그럴 거면 찬우가 고백했을 때 사귀던가. 자기 힘들 때는 그렇게 의지를 하면서 살살 간 보고. 그러다가 찬우가 다른 여자애한테 고백받거나 사귀는 것 같은 티 내면 죽을 거라고 난리를 친다잖아. 그래. 그래서 찬우가 나랑 사귀는 거 밝히지 못하는 거야."

수정이? 찬우? 익숙한 이름에 귀가 쫑긋 섰다. 설마 내가 아는 수정이와 이찬우인가 싶었다. 두 사람 이름이 모두 겹치는 경우가 흔하진 않을 거였다.

"네가 몰라서 그래. 김수정, 성격 진짜 이상해. 그 루머 말이야. 그래. 걔가 아이돌 제안받았던 때. 내가 걔 누명 벗겨주겠다고 단톡이며 사진이며 얼마나 열심히 자료 모아서 줬는데 고맙다는 말 한마디 안 하더라. 진짜 웃겨. 난 어차피 자기 시녀였다, 이거지."

수정이다. 옆 칸에서 입방아에 오르락내리락하고 있는 건 분명히 수정이었다. 달칵 문 열리는 소리가 나더니, 옆 칸 사람이 밖으로 나간 듯 물소리가 났다.

"찬우 지금 기획사랑 컨택 중이래. 그래서 연애 공개하는 건 조금만 더 참아 달라고 하더라. 그때 수정이하고 관계도 정리한대. 찬우가 마음이 약해서 그래."

물소리가 끊겼다. 나도 옷을 추켜 입고 밖으로 나갔다. 세면대 앞에 서 있던 여자애가 뒤돌아서다가, 세면대로 다가가던 나와 어깨를 부딪쳤다. 여자애의 입가에 있는 커다란 점이 유독 눈에 띄었다.

"미안."

여자애는 가볍게 고개를 끄덕여 보이고는 화장실 밖으로 나갔다. 쟤가 공원에서 이찬우와 안고 있던 개일까? 여자애의 뒷모습을 보다가 세면대로 몸을 돌리는데, 신발 끝에 무언가 채였다. 주워서 보니 학생증이었다. 박지현이란 이름이 쓰인 학생증에 붙은 사진은 방금 그 여자애였다. 입가의 점. 나는 학생증을 들고 화장실 밖으로 나가 주변을 살폈다. 여자애는 보이지 않았다. 학생증을 주머니에 넣고 세면대로 돌아와 손을 씻었다. 학생증은 우체통에 넣어 돌려주면 될 것이다.

"별아. 여기야."

화장실을 나와 약속 장소로 가자, 성건이가 나를 기다리고 있었다.

"유나 못 온 거 아쉽지."

"그러게. 그래도 너 독감 나아서 다행이야."

별거 아닌 대화를 나누는 동안에도 가슴이 계속 두근거렸다. 다행스럽게도 더 이상 손에 땀은 나지 않았다. 그랬다면 팝콘 통을 건네받을 때 신경 쓰여서 어쩔 줄 몰랐을 거다.

영화관의 불이 꺼지고 주변이 조용해지자 깊은 우주를 여행하는 우주선에 단둘이 탄 듯한 기분이 들었다. 어쩌면 정말로 그랬을 수도 있다. 나도 모르는 사이에 영화관이 우주로 순간 이동을 했을지도. 그게 아니라면 옆자리에 앉은 성건이의 숨소리가 그렇게까지 명확하게 들릴 리가 없었다.

영화가 끝나고 사방이 환해졌다. 우주선에서 내린 듯, 짧은 잠에서 깬 듯이 기묘한 부유감을 느끼며 의자에서 일어났다.

"재미있었다."

"진짜. 주인공 죽는 줄 알고 정말 마음 졸였어."

영화관을 나와 버스 정류장까지 성건이와 함께 걸어갔다. 정류장에 도착해 버스를 기다리는데, 성건이가 가방 안에서 무언가를 꺼냈다.

"이거, 아까 한별이 너 주려고 샀어."

캐릭터 키링이었다. 어디선가 본 것도 같은 캐릭터 인형이 비즈 줄 끝에 대롱대롱 달려 있었다. 인형이 쓰고 있는 모자에 적힌 이니셜을 눈으로 읽었다. 정이안. 아이돌 정이안의 캐릭터 인형인 모양이었다.

"이전에 네가 그 아이돌 좋아한다고 했잖아. 아까 기다리는데 보여서."

촬영을 위해 모였던 날, 교실에서 엉겁결에 했던 말이었다. 그 말을 기억하고 선물을 해 주다니. 가슴의 두근거림이 더욱 심해졌다. 이러다가 피부를 뚫고 소리가 새어 나오는 건 아닐까 싶었다. 나는 성건이가 내민 키링을 받아 들고 양손으로 꼭 쥐었다.

"고마워. 진짜, 진짜 좋아해."

"별이 네가 그렇게 좋아하는 가수라니, 나도 노래 한번 들어 봐야겠다."

내가 진짜 진짜 좋아하는 건 아이돌이 아니고 너야, 너. 짤랑거리는 비즈에 반사된 빛이 나와 성건이의 손등에 가느다란 실선처럼 엮였다.

- 재미있었겠다. 나도 가고 싶었는데.

수화기 너머, 유나의 목소리는 힘이 없었다. 성건이와 헤어져 집에 돌아와 키링을 보며 헤실헤실 웃고 있는데 유나에게서 전화가 걸려 왔다. 영화 잘 보고 왔냐고, 무슨 내용이었냐고 묻는 유나에게 성대모사도 해 가며 영화 줄거리를 설명해

129

췄다. 그러다 퍼뜩, 화장실에서 스쳐 지나갔던 박지현에 대해 알려야겠단 생각이 들었다. 유나는 수정이와 같은 학원에 다녔으니, 박지현에 대해 알 수도 있었다.

"유나야. 나 영화관에서……."

– 저기!

유나의 목소리가 전기 스파크처럼 튀어 올랐다.

– 나 별이 너한테 부탁이 있어.

"뭔데?"

나는 키링을 손가락에 걸고 빙글빙글 돌렸다. 비즈가 빛날 때마다 정류장에서의 기분이 되살아나 절로 웃음이 나왔다.

– 그게……. 나, 사실은 성건이 좋아해.

엉거주춤 몸을 일으켜 앉았다. 알고 있었다. 유나가 성건이를 좋아하는 건 모를 수가 없었다. 성건이를 보는 유나의 얼굴은, 성건이를 떠올리다가 거울을 봤을 때의 내 표정과 너무 비슷했다.

하지만 이렇게, 갑자기 털어놓을 줄은 몰랐다.

– 고백하고 싶어. 별아. 좀 도와줄 수 있어?

"무리야. 그건 못 해."

고민할 틈도 없이 대답이 튀어 나갔다.

– 왜?

"나도 서성건을 좋아하니깐."

키링이 멈췄다. 비즈는 사람 마음도 모르고 여전히 반짝거렸다.

6월 26일.
쪽지를 태우다

학교로 가는 발걸음이 무겁다. 신발에 커다란 추라도 달린 듯 발걸음이 잘 떼어지지 않았다. 학교에 가서 유나를 어떤 태도로 대해야 하나 싶었다. 토요일에 통화를 하다가 엉겁결에 성건이에 대한 감정을 밝힌 직후, 유나는 바로 전화를 끊어 버렸다. 아차 싶어 바로 다시 전화를 걸었지만 받지 않았다. 메시지를 보내도 무반응. 그야말로 철저한 무시였다.

그야 배신감이 들 수도 있겠지만.

아니, 아무리 그래도 이렇게까지 무시한다고?

미안함과 서운함이 뒤엉켜 휘몰아쳤다. 빨리 유나를 만나서 화해하고 싶은 마음에 걸음이 빨라졌다가도 뭐라고 말해야 하나 싶어 다시 걸음이 느려졌다.

"아니지. 내가 무슨 죄지은 것도 아니고!"

애초에 내가 성건이를 좋아하지 않았다면 한 달 쿠키를 먹었어도 체육 대회 날 아침, 그 상황으로 돌아가지 않았을 거다. 그럼 유나와 친구가 되지도 못했겠지. 하지만 유나에게 한 달 쿠키를 먹기 전의 상황을 설명할 수도 없는 노릇이었다. 어떻게 하면 좋을까. 터질 것 같은 머리를 끌어안고 고민하는 사이에 학교에 도착하고야 말았다. 혹시 복도에서 유나와 마주칠까 봐 재빨리 교실로 향했다. 피한다고 문제가 해결되진 않는다. 안다. 알지만……. 당장은 교실로 도망쳐 평화로운 하루를 시작하고 싶었다.

"왔네. 한별."

하지만 교실에 들어선 순간, 평화로운 하루는 글렀다는 것을 알았다. 고개를 숙이고 앉아 있는 수정이와, 수정이를 둘러싸고 선 아이들과, 나를 보자마자 적의 등장을 알리듯이 날카롭게 외치는 희진이까지. 무언가 심상치 않은 일이 벌어진 게 분명했다. 내가 자리에 다가가도, 아이들은 굳건한 성벽이라도 되듯이 비켜 주지 않았다. 가방을 놓을 수도, 자리에 앉을 수도 없었다.

"무슨 일이야?"

내가 그렇게 물어본 것과, 수정이가 고개를 든 것은 거의 동시였다.

"별이 네가 어떻게 나한테 그래?"

"나? 내가 뭘……."

"너, 찬우랑 내기했다며?"

"그걸 어떻게 알았어?"

이찬우는 의외로 약속을 잘 지켰다. 내기가 끝난 후, 내 팔을 잡아끌었던 걸 빼면 한 번도 시비를 걸지 않았다. 유나도 이찬우가 더 이상 소문을 퍼뜨리지 않는 것 같다고 했었다. 하지만 아무리 그래도, 이찬우가 자기가 제안한 내기에서 졌다는 걸 떠들고 다닐 것 같진 않다. 그런데 수정이가 어떻게 안 걸까 싶었다.

"어떻게? 내기 하자고 한 거 맞다는 거네?"

수정이가 어이없다는 듯이 재차 물었다.

"내가 하자고 한 건 아냐."

"그럼 찬우가 하자고 했다고? 그런 어이없는 내기를?"

수정이가 일어나자, 힘에 밀린 책상이 요란하게 덜컹거렸다.

"언제부터 좋아했어?"

이건 또 무슨 소리인가 싶었다. 수정이가, 내가 성건이를 좋아하는 것까지 안다고? 그럼 지금 화를 내는 게, 내가 좋아하는 남자애가 누구인지 알려 주지 않아서 그런 건가? 수정이는 내게 이찬우를 좋아하는 걸 털어놨으니깐 서운했다, 뭐 이런 걸까. 하지만 수정이가 이찬우와 썸 타는 건 모르는 사람이 더 적다. 게다가 내기에서 왜 내가 좋아하는 사람으로 주제가 튀는 건데? 상황 파악이 되지 않아 바보처럼 되묻는 것 말곤 할 수 있는 게 없었다.

"네가 찬우를 좋아해서 화난 게 아니야."

"어?"

잠깐만, 찬우라니? 너무 어이가 없어서 낯선 외국어라도 들은 듯이 수정이의 말이 단박에 이해가 되지 않았다. 그러니깐 지금, 수정이는 내가 이찬우를…….

"아니야!"

내가 이찬우를 좋아한다고? 이찬우를? 한 박자 늦은 부정이 비명처럼 터져 나왔다.

"아니긴 뭐가 아냐! 그 댄스 챌린지 영상. 그걸로 내기했다며. 네가 조회수 더 높게 나오면 찬우에게 사귀어 달라고 우겼다며! 내기를 받아들이지 않으면 네가……."

흥분으로 높아지던 수정이의 말소리가 뚝 끊겼다. 수정이는 입술을 꽉 깨물고 자리에 무너지듯 주저앉았다. 수정이의 어깨가 위아래로 크게 들썩거렸다. 책상에 고개를 파묻은 수정이의 등을 아이들이 다독거렸다.

"한별. 시치미 그만 떼. 찬우가 다 말했어."

희진이가 나를 노려봤다.

"다 말했다니, 대체 뭘?"

"네가!"

희진이가 버럭 소리를 지르다가 주변을 돌아봤다. 어느새 교실 앞문과 뒷문, 창문에까지 수많은 사람이 달라붙어 있었다. 영화의 클라이맥스라도 기다리듯 나와 수정이 쪽을 응시하는 눈빛들에 소름이 돋았다. 희진이가 내게로 바짝 붙어서서 작게 속삭였다.

"네가 찬우한테 내기 받아 주지 않으면 수정이 중학교 때 사건 다 퍼뜨린다고 했다며. 학폭 가해자가 모범생인 척 살고 있다, 뭐 이런 식으로."

"뭐? 아냐! 내가 왜!"

"왜긴 왜야. 그렇게 억지 써서 내기에서 이기면 찬우와 사귈 수 있다고 믿었겠지. 사람 마음을 그렇게 마음대로 할 수 있다고 생각하다니, 역겨워."

희진이가 내 어깨를 세게 밀었다. 뒷걸음질 치는 다리에 힘이 빠졌다. 나를 밀친 건 희진이의 힘이 아니었다. 나를 믿지 않는 친구들의 싸늘한 시선이, 얼어붙은 공기가 나를 튕겨 내었다.

당했다. 그제야 상황이 파악되었다. 나는 내기에서 이긴 게 아니라, 이찬우의 함정에 걸려든 거였다. 괜히 나에게 친한 척 말을 걸던 이찬우. 굳이 많은 아이가 있던 복도에서 내 팔을 잡았던 이찬우. 그 후로 잠잠했던 게 아니라, 그동안 수정이에게 내가 자기를 좋아한다는 거짓말을 믿게 만들려고 빌드업 중이었던 거라면. 화가 머리끝까지 치솟아 터질 것만 같았다. 나는 끓는 화산이었다. 어떻게든 불을 뿜어내야만 했다. 등에 멘 가방끈을 꽉 움켜잡고 교실을 뛰쳐나갔다.

"이찬우!"

옆 반으로 돌진해 들어가자마자 교실 뒤에 서 있던 이찬우와 눈이 마주쳤다. 이찬우는 네가 뭘 어쩔 거냐는 듯이 히죽 웃었다. 나는 움켜잡고 있던 가방을 벗어 이찬우를 향해 던졌다.

"이 사기꾼아!"

퍽. 책가방이 이찬우의 어깨에 맞고 떨어졌다. 열이 식은 내 눈에 비친 건 교실 앞문에 선 선생님과, 어깨를 감싸 쥐고 아픈 척 연기를 하는 이찬우와, 자리에서 일어나 놀란 표정으로 나를 보는 유나의 얼굴이었다. 성건이가 내 쪽으로 다가오고 있었다. 유나와 성건이의 얼굴을 보자 뒤늦은 창피함이 몰려왔다. 나는 성건이가 오기 전에 가방을 주워 재빨리 자리를 피했다.

"한별. 지각이야?"

교실로 들어가자 담임이 이미 교탁 앞에 서 있었다. 나는 가방을 꽉 끌어안았다. 뭐든 한마디라도 하면 눈물이 나올 것 같아서 지각이 아니라고, 옆 반에 있다 온 거라고 할 수가 없었다. 담임은 뺨을 긁적거리더니 빨리 자리에 앉으라고 했다.

– 나 이찬우 좋아한 적 없어. 그런 내기 제안한 적은 더욱이 없
  고. 내기 제안한 건 이찬우였어.

쪽지를 써서 접었다. 수업 시간 내내, 나는 쪽지를 쓰고 접기만 반복했다. 체육 대회 아침의 사건, 이찬우가 내걸었던 내기의 조건, 영화관 화장실에서 마주쳤던 박지현의 이야기까지 모두 썼다. 수업이 끝날 무렵에는 쪽지가 서른 개 넘게 필통 안에 쌓였다.

잘못한 건 내가 아닌데.

쌓인 쪽지가 서글펐다. 종이에 쓰고 있던 글을 벅벅 지우고, 딱 한 문장을 써 넣었다.

– 왜 나한테 진짜냐고 물어보지도 않아? 친구인데.

수업이 끝난 것을 알리는 음악이 울렸다. 마지막으로 쓴 쪽지는 접지 않고 구겨서 교실 바닥에 던져 버렸다. 필통에

넣어 두었던 쪽지를 한 손에 움켜쥐고 교실을 나왔다. 누군가 내 이름을 부른 것도 같지만 돌아보지 않았다. 주변의 소리와 형체가 모두 투명해져서 내 모든 감각을 통과해 버리는 것만 같았다.

소각로 앞에 도착해, 소각로의 뚜껑 손잡이를 잡아당겼다. 오래 사용하지 않은 탓인지 뚜껑은 좀처럼 열리지 않았다. 손잡이를 더욱 꽉 붙잡았다.

"투명 인간 취급하려면 하라지."

악문 이 사이로 혼잣말이 새어 나왔다. 몸을 힘껏 뒤로 젖히자, 드디어 뚜껑이 열렸다. 매캐한 먼지와 그을음에 기침이 터져 나왔다.

"나도, 콜록. 투명 인간이라고, 콜록. 생각할 거야!"

나는 들고 온 쪽지를 몽땅 소각로 안에 던져 넣었다.

점심시간, 나는 종이 울리자마자 급식실로 갔다. 급식을 받아 자리를 잡고 앉았다. 꼿꼿하게 등을 펴고 앉아 젓가락을 드는데, 수정이와 친구들이 급식실 안으로 들어왔다.

"한별 쟤 웃기다. 자발적 아싸인 척하는 거야, 뭐야."

희진이가 커다란 목소리로 떠들었다. 수정이는 나를 빤히 바라만 보았다. 쉬는 시간 내내 그랬다. 차라리 아침에 그랬던 것처럼 펄펄 뛰면서 화를 내면 오해를 풀 기회가 생겼을지도 모른다. 하지만 수정이는 이미 나를 투명 인간형에 처하기로 결심한 듯했다. 그럴 거면 보지도 말던가. 수정이와 친구들은 나를 약 올리기라도 하듯이, 내가 혼자 앉은 탁자 바로 옆에 모여 앉았다. 그중에 유나는 없었다. 수정이와 친구들이 급식실 앞에서 유나를 기다리지 않고 바로 들어온 모양이었다. 그건 아마 수정이가 유나에게 보내는 경고의 메시지일 것이다. 챌린지 영상에 동참한 너도 잘못이 있다는, 그러니 어서 사과하라는 경고. 그렇지 않으면 오늘만이 아니라 계속해서 급식실 앞에서 너를 기다리지 않을 거란 신호다. 수정이네보다 한발 늦게 급식실에 들어온 유나가 식판을 들고 사방을 두리번거렸다.

"나유나! 여기야!"

희진이가 손을 들고 유나를 불렀다. 유나가 나와 수정이를 번갈아 바라보았다. 나는 그런 유나를 보지 못한 척, 고개를 숙였다. 유나는 당연히 수정이를 선택할 거다. 다시 혼자 밥을 먹는 처지가 되긴 싫을 테니깐. 게다가 유나는 내게 화가 난 상태였다.

"뭐 해? 빨리 와서 앉아."

희진이가 유나를 재촉했다.

"나, 나는 별이랑 먹을래."

내 옆의 의자가 움직였다. 식판을 탁자에 놓는 유나의 손이 덜덜 떨렸다. 유나도 아는 거다. 지금의 선택이 무엇을 의미하는지. 그런데도 유나는 내 옆에 앉았다.

"나도 같이 먹자."

성건이가 나와 유나의 맞은편에 앉았다.

"남자애랑 같이 앉으면 눈에 띄어서 싫대도."

유나가 성건이에게 눈을 흘겼다.

"단둘이 먹으면 그렇다며. 우린 지금 셋이니깐 괜찮잖아."

우리. 그 단어가 반창고가 되어 마음에 철썩 달라붙었다.

"챌린지 같이 한 이유가 있었네. 쟤네 인성도 안 봐도 뻔하네."

"완전히 찐따 모임이네."

희진이의 빈정거림을 시작으로 곳곳에서 나와 유나, 성건이까지 싸잡아 욕하기 시작했다. 유나가 내 한쪽 손을 꽉 잡았다. 나는 투명 인간이 아니었다. 앞으로도 아닐 것이다.

함께 앉아 준 두 사람이 있으니깐.

"먹자. 밥 먹고 내가 매점 쏜다."

"정말? 그럼 난 아이스크림. 단 거 땡겨."

"난 햄버거."

"밥 먹고 바로 햄버거가 들어가?"

들려오는 욕을 듣지 않는 방법은 그보다 더 크게 떠드는 것뿐이다. 나와 유나, 성건이가 우리끼리의 대화로 방어막을 치며 한창 밥을 먹고 있을 때였다.

위에서 종이가 소나기처럼 후두둑 떨어졌다.

"너 이거, 증거 있어?"

수정이가 손에 든 쪽지를 내게 내보였다. 소각로에 버린 쪽지 중 하나였다. 박지현이란 애가 통화하는 걸 들었는데, 라고 쓴 쪽지였다. 탁자 위에 흩어진 종이들은 깨끗했다. 소각로에 들어 있었는데도 먼지가 군데군데 묻어 있을 뿐, 이상하리만치 깨끗했다. 꼭 누군가 접힌 쪽지를 펴서 손으로 쓸어 가며 읽기라도 한 듯이. 고개를 들어 수정이를 올려다봤다. 수정이의 눈가가 붉었다.

"있어. 증거."

우체통에 넣으려고 가지고 온 박지현의 학생증이 가방 안에 들어 있었다.

6월 26일.
대나무 숲에서 누군가 외쳤다

    남의 학교 앞에 서 있는 건 그다지 유쾌한 일은 아니다. 교복을 입고 있는 데다가 싸운 지 반나절도 지나지 않은 상대와 함께라면 더욱 그렇다. 그럼에도 함께 박지현을 만나러 가자는 수정이의 제안을 거절할 순 없었다. 나도 진실을 알고 싶었으니깐. 그래도 이렇게 어색할 줄 알았으면 유나에게 같이 와 달라고 할 걸 그랬다. 나란히 교문 옆 담에 기대어 서 있지만 어깨가 닿지 않을 정도의 거리. 나와 수정이 사이에 이런 거리감이 생길 줄은 몰랐다. 수정이와는 학기 초부터 이상하게 마음이 잘 맞았다. 아무래도 너희 둘은 전생에 부부였을 것 같다는 말을 들을 정도로 붙어 다녔다. 함께 웃고 떠들던 사이가 하루 만에 이렇게 되다니. 곁눈질로 수정이를 보다가 눈이 마주쳤다. 수정이도 내 쪽을 힐끗거리고 있던 모양이었다. 얼른 시선을 돌려 다시 발끝을 봤다.

"박지현, 중학교 때 나랑 절친이었어."

수정이가 신발 끝으로 땅의 울퉁불퉁 튀어나온 부분을 긁었다.

"그래서 루머 퍼뜨린 게 지현이라는 걸 알았을 때 충격받았어."

"뭐?"

수정이의 목소리가 땅 안으로 파고들 만큼 잦아들었다.

"짜깁기한 메시지와 사진. 그중에 나랑 지현이 단둘이 나눈 대화가 섞여 있었어. 사진도 그래. 칠판에 낙서 잔뜩 하고 찍은 사진이 있거든. 그거 나랑 지현이랑 다른 친구 딱 셋이 놀면서 찍은 건데, 퍼진 사진은 나랑 다른 친구 한 명만 있는 거였거든. 지현이가 찍은 사진이란 뜻이지. 다른 사진도 대부분 그랬어. 나, 루머 퍼진 후에 신고하려고 딱 한 번 게시글 보고 그 뒤로는 안 봤어. 인터넷 접속하는 거 자체가 너무 무섭더라. 그래서 몰랐다가 나중에야 찬우가 루머 유포자 알 것 같다고 해서 알았어."

만약에 나와 가장 친한 친구가 그런 일을 했다면 어땠을까. 잠깐 상상하는 것만으로 하늘이 무너질 것 같았다. 수정이가 친구 사이엔 비밀이 없어야 한다며 자신의 이야기를 털어놓았던 게 이런 이유였구나 싶었다. 그러자 오전에 싸웠을 때, 수정이가 내게 했던 말이 떠올랐다. 나도 너무 화가 나고 당혹스러워서 흘려들었던 말. 나는 그 말을 곱씹었다. 수정이가 나에게 왜 그렇게 화가 났던 건지 조금은 알 것만 같았다.

"고민했어. 루머 유포자 잡으면 무조건 신고하려고 했거든. 처음엔 너무 화가 나서 지현이를 신고할 거라고 펄펄 뛰었지. 하지만 도저히 그럴 수가 없었어. 어쩐지 내가 집에 틀어박혀 있는 동안 지현이가 한번 찾아오지를 않더니 이런 거였나 싶어서 허탈해지고……. 그런데 시간이 지나니깐 후회가 되더라."

수정이는 더욱 집 안에 틀어박히게 되었다. 가장 친했던 친구도 믿을 수 없는데 스쳐 지나가는 사람을 어떻게 믿어야 하나 싶었다. 집 밖의 사람들이 전부 자기를 욕하고 도촬할 것만 같았다. 그 피해망상에서 빠져나오는 게 무척 힘들었다고, 수정이는 말끝을 흐렸다.

"수정아. 아침에 나한테 그랬잖아. 내가 이찬우를 좋아해서 화난 게 아니라고. 그럼 뭐에 제일 화가 났었던 거야?"

끊임없이 움직이던 수정이의 발이 멈췄다.

"……네가 날 속인 거."

"난 너 속인 적 없어."

"믿고 싶어."

수정이가 담벼락에서 등을 떼고 바로 섰다.

"그래서 난 확인해야만 해."

교문 밖으로 나오는 애들 사이에 박지현이 있었다. 나도
담벼락에서 몸을 뗐다.

"박지현이지?"

내가 다가가서 묻자, 박지현은 넌 누구냐는 듯이 미간을
찌푸렸다. 나는 주머니에서 학생증을 꺼내 내밀었다. 미간의
주름이 풀린 것도 잠시, 내 어깨 너머를 보자마자 박지현은
더욱 험상궂게 얼굴을 찌푸렸다.

"김수정."

그러나 수정이를 부르는 목소리는 매우 무미건조했다.

패스트푸드점은 시끄러웠다. 왁자지껄한 다른 탁자와 다르
게 나와 수정이가 앉은 자리에는 침묵만이 감돌았다. 박지현
이 쟁반을 들고 와 맞은편에 앉았다. 쟁반에는 햄버거 다섯
개가 쌓여 있었다. 박지현은 나와 수정이는 안중에도 없다는
듯이 햄버거 포장지를 벗겨 우걱우걱 먹었다. 고개를 숙인

채 하나를 단번에 먹어 치우고 두 개, 세 개째 햄버거 포장지를 벗겼다.

"스트레스 받으면 폭식하는 버릇은 여전하네."

수정이의 말에, 박지현이 고개를 들었다.

"네가 나에 대해 뭘 안다고 떠들어?"

박지현의 입안에 든 음식물이 밖으로 마구 튀어나왔다.

"몰라. 모르지. 안다고 생각했는데."

"됐어. 네가 왜 나를 찾아왔는지는 궁금하지 않아. 어차피 한 번은 만났어야 하니깐."

박지현이 손에 들고 있던 햄버거를 쟁반에 내려놓았다.

"단도직입적으로 말할게. 찬우 괴롭히는 거 그만둬."

"내가 찬우를 괴롭힌다고?"

"그래. 찬우가 수정이 너 때문에 얼마나 힘들어하는지 알아? 나랑 사귄다는 걸 주변에 밝히지도 못하잖아. 언제까지 찬우한테 매달려 있을 거니?"

내가 쪽지에 적은 내용이 거짓이 아니라는 게 증명되는 순간이었다. 수정이의 안색이 눈에 띄게 어두워졌다. 박지현은 다시 햄버거를 들고 베어 물었다.

"찬우가 좋은 마음으로 널 도와줬으면 고마운 줄 알아야지. 은혜를 원수로 갚는 건 너무하지 않아? 하긴. 내가 그 고생을 하면서 자료 모아 줬어도 고맙다는 말 한마디 하지 않았던 김수정답긴 해. 다른 사람이 널 좋아하고, 널 위해 주는 게 당연하다고 여기지."

박지현은 급하게 햄버거를 씹어 삼키고 콜라가 든 컵의 빨대를 입에 물었다. 컵 안 가득 차 있던 콜라가 단번에 빨려 올라가고 얼음만 남았다.

"자료라니, 무슨 소리야?"

"모른 척하지 마. 수정이 너, 그때 루머 퍼질 거 미리 알고 있었잖아. 누가 자꾸 익명으로 디엠 보내서 너 일진인 거 폭로할 거라고 협박했다며. 그래서 혹시나 하는 마음에 증거 미리 모았잖아. 찬우한테 부탁해서."

"찬우한테 부탁을 해? 내가?"

"그래. 그래서 내가 단톡방이랑 개인 메시지까지 싹 다 캡처하고 사진도 정리해서 보내느라 얼마나 고생했다고. 그런데 넌……."

박지현이 신경질적으로 컵 안의 얼음을 휘저었다. 자락자락. 얼음과 얼음이 부딪히며 요란한 소리를 냈다.

"그런 적 없어."

박지현의 손이 멈췄다. 박지현은 팔짱을 끼고 의자 등받이에 몸을 기댔다.

"그래. 시치미 뗄 줄 알았어."

"그런 거 아냐. 나 진짜로 찬우한테 그런 거 부탁한 적 없어. 오히려 나는……."

수정이가 컵을 꽉 움켜쥐었다.

"나는 지현이 네가 루머 유포자라고 알고 있어."

"뭐?"

박지현의 몸이 의자 등받이에서 튕겨 올라왔다.

"내가 왜! 어떻게 그런 생각을 해?"

"루머 속 사진하고 메시지가, 네가 가진 것들이었으니깐! 게다가 너, 한 번도 찾아오지 않았잖아! 그전에는 일주일에 서너 번씩 집에 놀러 왔으면서 루머 퍼지자마자 발을 딱 끊었지. 네가 범인이 아니면 대체 왜 그런 건데?"

당시 수정이네 집을 찾아온 유일한 사람은 이찬우였다. 처음에는 이찬우의 방문을 꺼리던 수정이도, 친구들이 아무도 찾아오지 않자 점차 이찬우를 바깥과의 유일한 연결 고리로 여기게 되었다. 이찬우를 기다리게 되었고, 이찬우가 하는 말은 모두 믿게 되었다.

"잠깐, 잠깐만."

박지현이 수정이의 말허리를 끊었다.

"네가 아무도 오지 말라고 했잖아."

"뭐? 내가 언제?"

"찬우가 그랬어. 날 찾아와서 수정이가 많이 힘들어서 혼
자 있고 싶어 한다고. 그래서 휴대폰도 정지한 거라고. 아무
도 찾아오지 말라고 했다고. 그때 찬우 학원 그만둔 뒤였는
데도 일부러 찾아와서 알려 주니깐 다들 믿었지. 찬우가 수
정이 너 좋아했던 거 다 알고 있었으니깐."

"아냐. 내가 왜 그런 부탁을 해? 난 아무도 찾아오지 않기
에, 친구들이 나와 엮이기 싫어서 그러는 줄 알았어. 다들 그
루머를 믿는구나 싶어서 절망했어. 그런데 네가 루머 유포자
라잖아. 그러니깐 사실은 다 나를 싫어했던 게 아닌가 싶었
어."

수정이와 박지현은 서로를 바라보았다. 천천히 눈을 깜빡
거리던 두 사람의 입이 거의 동시에 벌어졌다.

"설마, 찬우가……."

나는 두 사람 사이에 공책을 내려놓았다.

"듣고 있으니깐 헷갈려. 그때 일어난 일, 시간 순서대로 적
어 보는 건 어때?"

"시간 순서대로?"

"그래. 수정이 너, SNS에 처음 루머가 올라왔던 날, 기억
해?"

"어떻게 잊겠어. 12월 23일. 겨울 방학 전날이었어."

"박지현. 넌 이찬우한테 언제 자료를 줬어?"

박지현은 빨대 끝을 손톱으로 꾹꾹 짓누르더니 천천히 입을 열었다.

"아마 12월 16일이었을 거야. 기말고사 마지막 날이었어. 맞아. 기억나. 그날 찬우가 집 앞으로 나를 찾아왔어. 학원에서 별로 친하게 지내지 않았으니깐 좀 놀랐지. 찬우가 학원을 그만둔 뒤로 수정이랑 틈틈이 연락을 주고받게 되었다고 했어. 남사친이라고. 기획사가 남자 친구와는 가능한 한 연락 다 끊으라고 해서, 찬우와 연락하고 지내는 걸 나한테도 비밀로 하고 있었던 것 같다고……. 하지만 꼭 부탁할 게 있어서 찾아왔다고 했어."

공책에 날짜를 적어 내려갈수록 어긋나 있던 수정이와 박지현의 기억이 점차 맞추어졌다. 공책에 적힌 사건의 진짜 윤곽은 제삼자인 내가 보기엔 명확했다.

루머를 퍼뜨린 범인은 아마도, 아니다. 분명히 이찬우였다. 수정이를 위하는 척 박지현에게 접근해 자료를 받아 악의적으로 편집해 루머를 퍼뜨렸다. 박지현을 비롯한 수정이의 친구들에게 거짓말을 해서 수정이를 외톨이로 만들고, 박지현에게는 수정이가 일방적으로 연락을 끊은 것처럼 속였다. 수정이에 대한 서운함이 쌓인 박지현은 이찬우에게 하소연을 하면서 점차 친해졌고, 이찬우는 박지현에게 조금씩 호감을 표현했다. 소문을 이용해서 사람을 고립시키는 방법이 유나를 괴롭혔던 때와 비슷했다. 이해가 되지 않는 건…….

"찬우가 대체 왜?"

수정이가 신음하듯이 중얼거렸다. 나도 그게 가장 이해가 되지 않았다. 대체 왜? 하지만 무엇이든, 대단한 이유는 아닐 거란 확신이 들었다. 월말 평가 일등을 빼앗겼단 것만으로 유나를 괴롭혔듯이 말이다.

"루머가 잦아들 때쯤에 다른 기획사에서 오디션 보라고 연락이 왔었어. 고민했어. 하지만 찬우가 아이돌이 되면 또다시 같은 일이 일어날 수도 있다고 해서 포기했어."

신음은 점점 떨림이 되어 갔다. 수정이는 금방이라도 울 듯이 말을 이어 가다 갑자기 입을 다물었다.

"사실은 오디션 보고 싶었는데."

다시 입을 연 수정이의 목소리에는 떨림이 아닌 분함이 묻어나 있었다.

"이럴 리가 없어!"

그때까지 공책만 움켜쥐고 있던 박지현이 소리를 지르며 자리에서 일어났다.

"이럴 리가 없다고!"

박지현은 공책을 탁자에 집어 던지고는 가게를 뛰쳐나갔다. 탁자에 놓여 있던 컵이 공책을 맞고 옆으로 넘어졌다. 컵에서 흘러나온 물이 공책을 적시고, 탁자 아래로 흘러내렸다. 나와 수정이는 휴지를 한 움큼씩 쥐고 탁자를 닦았다. 툭. 나와 수정이의 손등이 부딪쳤다.

"고마워."

수정이가 불쑥 말했다.

"난 같이 온 것 말곤 한 게 없잖아."

"별이 네가 쓴 쪽지 아니었으면, 이번에도 똑같은 후회를 했을 거야."

수정이는 내가 교실을 나가면서 바닥에 버린 쪽지를 주워 읽고 뒤통수를 맞은 것 같았다고 했다.

"사실은 나, 계속 후회했어. 지현이가 범인인 것 같다는 말을 들었을 때 한 번쯤은 직접 물어볼 걸 그랬다고. 왜 그랬냐고, 진짜 네가 그랬냐고. 얼굴을 보고 물어보지 못한 탓인지, 계절이 바뀐 뒤에도 가끔 계속 그 시간에 갇혀 있는 것만 같았어."

수정이는 쪽지를 읽고 바로 나를 따라 나왔다고 했다. 나를 불렀지만, 내가 들은 척도 하지 않더란다. 수정이는 내가 쪽지를 소각로에 버리는 걸 보고, 내가 자리를 떠나자마자 쪽지를 다 주워 읽었다. 먼지도 먼진데 냄새가 너무 심해서 힘들었다는 수정이의 농담에, 나도 슬쩍 웃었다.

"수정이 네가 이찬우가 꾸민 일이라는 걸 인정하지 못할 줄 알았어."

"……아직도 잘 모르겠어."

수정이가 물에 젖은 공책을 집어 들었다.

"고백을 거절했던 것 때문일까? 하지만 장난 같은 고백이었는걸. 이전에도 몇 번 고백 받아 봐서 그쯤은 알아. 날 진짜 좋아해서 사귀자고 하는 건지, 장난으로 고백하는 건지. 그때 찬우는 분명히 후자였어. 설령 그게 아니었대도, 고작 그런 이유로 그런 짓을 한다고?"

"나한테 왜 자꾸 시비를 거냐고 따졌을 때 걔가 그랬어. 자기 계획을 망친 대가라고."

"계획?"

"체육 대회 아침에 유나네 교실에 나타난 거."

"……고작?"

"고작."

공책이 수정이의 손안에서 우그러졌다.

그날 저녁, 반 단톡방이 난리가 났다. 박지현이 자신의 SNS에 이찬우에 대한 폭로 글을 썼다. 이찬우가 박지현을 속이고 자료를 가져간 것, 수정이에 대한 루머를 퍼뜨린 것, 박지현에게 비밀 연애라고 하면서 수정이가 자신을 스토커처럼 따라다닌다고 했던 것 등등. 이찬우의 이름은 이니셜로만 적혀 있었지만, 이찬우를 아는 사람이라면 누구나 그게 이찬우라는 걸 알 수 있을 정도로 특징이 드러나 있었다.

글 속 이찬우는 모두가 아는 이찬우와 완전히 다른 사람이었다. 수정이에게 이게 진짜냐고 묻는 글이 단톡방에 마구 올라왔다. 몇몇은 수정이는 피해자인데 그런 걸 왜 묻냐고 화를 내기도 했다. 단톡방이 온갖 메시지로 들끓는 동안 박지현의 글은 각 학교의 대나무 숲과 각종 SNS로 빠르게 퍼져 나갔다.

그런 애한테 더 이상 신경 쓰기도 싫어. 오후 9:43

수정이가 올린 단 한 줄의 메시지는 단호했다.

6월 30일.
똥차 가고 친구 온다

아침부터 비가 내렸다. 색색의 우산으로 물든 등굣길에서 만난 유나는 다음 주 금요일에도 비가 오면 어쩌나 하고 걱정했다. 다음 주 금요일은 문화 체험의 날로, 1학년은 한강에서 열리는 토크 콘서트를 관람하기로 되어 있었다.

"절대 안 되지. 한강 보면서 컵라면! 이건 꼭 해야 해."

"수정이는 그날 입으려고 후드 티 엄청 예쁜 거 샀대."

"부럽다. 나도 새 옷 사고 싶어."

유나와 수다를 떨며 교문으로 향했다.

"봤어? 민안고 대나무 숲에도 이찬우한테 괴롭힘당했다는 고발 글 올라왔더라."

"따돌림당하는 거 도와주는 척하고 돈 뜯었다는 거? 봤어."

"이번에도 증거 없던데. 그 글이 거짓말일 수도 있잖아."

"벌써 네 명째야. 걔네가 다 이찬우 모함하는 거라고? 말이 안 되잖아."

"인기 많으면 싫어하는 사람도 많은 법이야. 연예인들 봐. 인기 많으면 안티도 많잖아."

앞서 걷는 아이들의 말소리가 빗소리에 섞여 들렸다. 나와 유나의 대화가 끊겼다. 신경 쓰지 않으려 해도, 이찬우의 이름이 나오면 저절로 귀를 기울이게 된다.

박지현이 폭로 글을 올리고 어느새 사흘이나 지났다. 그 글을 시작으로 근처 고등학교 대나무 숲에 자신도 이찬우에게 괴롭힘을 당했단 글이 속속들이 올라왔다. 처음, 박지현의 글만 올라왔을 때 이찬우는 뻔뻔했다. 박지현이 중학교 때부터 자기를 좋아했는데 고백을 받아 주지 않았더니 언제부터인가 여자 친구 행세를 하면서 소름 끼치게 굴더라며 자기가 피해자라고 했다. 박지현이 남긴 글에 직접, 너와 내가 사귀었다는 증거가 있냐고 따지기도 했다. 박지현은 코너에 몰렸다. 증거가 없었다. 연락은 모두 통화로만 하고 메시지를 주고받은 적은 없고, 함께 사진을 찍은 적도 없다고 했다. 그게 무슨 사귀는 거냐고, 여론은 순식간에 이찬우의 편으로 돌아섰다. 나는 박지현이 거짓말을 하는 게 아니란 걸 안다.

체육 대회 날 전날에도, 이찬우는 유나를 직접 찾아왔었다. 메시지나 통화를 하면 증거가 남으니깐! 이찬우는 자신이 거짓말을 했다는 증거를 남기지 않는 데 능숙했다. 하지만 박지현의 글을 읽은 다수의 사람은 그런 사실을 모른다. 만약 연이어 이찬우의 만행을 폭로한 글이 올라오지 않았다면, 박지현은 완전 거짓말쟁이가 되어 버렸을지도 모른다. 인터넷에서 이찬우를 믿는 쪽과 믿지 않는 쪽의 비율은 50대 50 정도일까. 하지만 우리 학교에서는 그 비율이 조금 다르다.

"박지현인가. 걔 글이 거짓말이면 수정이가 찬우 편을 들었겠지."

"그건 그렇지만……."

왜냐면 우리 학교에는 수정이가 있으니깐. 수정이가 이찬우를 대하는 태도의 변화는, 어떤 아이들에겐 그 어떤 것보다도 강력한 증거로 받아들여졌다.

이찬우는 박지현이 글을 올린 다음 날, 아무 일도 없었다는 듯이 쉬는 시간에 교실로 수정이를 찾아왔다. 언제나처럼 수정이에게 초콜릿을 내밀고 학원 숙제가 너무 많다고 투덜거렸다. 수정이는 이찬우에게 눈길 한 번 주지 않았다. 수정이의 자리로 온 친구들과 대화했고, 같이 화장실에 갔다. 이찬우는 쉬는 시간이 끝날 때까지 수정이의 책상 앞에 머물

다가 교실을 나갔다. 수업이 시작되고 수정이는 "참 가지가지 한다."라고 말하며 책상 위에 두었던 책을 펴 보였다. 장과 장 사이에 초콜릿 조각이 뭉개져 있었다. 그날 이후 이찬우는 더 이상 수정이를 찾아오지 않았다. 늘 대여섯 명의 아이들을 이끌고 다니던 이찬우가 혼자 있는 모습이 눈에 띌 때도 많아졌다. 종종 수정이와 함께 있으면 멀찍이서 이찬우가 나를 죽일 듯이 노려보기도 했는데, 그럴 때면 일부러 더 못 본 척했다.

"그거, 수정이가 자기가 잘못한 거 덮으려고 찬우한테 일부러 그런다는 이야기도 있던데."

수정이가 잘못한 거라니? 나와 유나는 거의 동시에 서로를 바라보았다. 좀 더 잘 들으려고 앞서 걷는 무리에 다가가려는데, 우산 끝에서 커나란 물방울이 후두둑 떨어져 앞에 선 아이의 우산을 강타했다. 졸지에 물 폭탄을 맞은 아이가 뒤돌아보며 인상을 썼다. 뭐야, 재수 없게. 떠들던 무리는 그 말만을 남기고 멀어졌다.

이찬우가 또 무언가 일을 꾸민 건 아닐까.

불안이 빗줄기 사이에 섞여 내렸다.

"내가 잘못한 거? 그런 소문이 돈다고?"

교실에 도착해 수정이에게 등굣길에 들었던 대화를 알려

주었다. 수정이는 고개를 갸웃거리다가 무언가 떠오른 듯 아,
하고 짧은 탄성을 질렀다.

"설마 그건가. 학원 애들이 말해 준 거 있어. 내가 도벽이
있다나."

수정이의 학원 친구들이 알려 준 소문이란 이랬다. 김수정
은 학교나 학원에서 습관적으로 물건을 훔쳐 왔다. 지금까지
들키지 않은 건 이찬우가 수정이가 훔친 물건을 주인에게 돌
려주고 사과했기 때문이다. 그런 식으로 김수정의 뒤처리를
하는 데 지친 이찬우가 김수정에게 헤어지자고 하자, 김수
정은 자신의 도벽이 들통날 것이 두려워졌다. 그래서 중학교
동창들을 이용해 이찬우에 대한 헛소문을 퍼뜨리고 있단 거
였다. 이찬우를 고립시켜서, 자기와 헤어지지 못하게 하려고
말이다.

"지금까지 들키지 않았는데 어떻게 소문이 나?"

"내 말이. 그 이야기 듣는데 딱 하나는 알겠더라. 중학교
때 나와 지현이 사이를 이간질했던 게, 나를 고립시키려고 그
랬던 거란 거."

앞뒤를 전부 따져 보면 더없이 허술한 스토리였다. 그건 유
나에 대한 유언비어에서도 느꼈던 허술함이었다. 소문을 낸
게 누구인지 너무 뻔했다.

"이찬우, 머리 좋은 줄 알았는데 아닌가 봐. 폭로 글 터진지 사나흘밖에 안 됐는데 갑자기 나를 걸고넘어지다니. 학원 애들도 다 이상하다고 하더라. 누가 수정이 너 이용해서 찬우 이미지 좋게 만들려는 것 같다고."

"마음이 급했나?"

"그랬나 봐. 어쨌든 걱정하지 마. 난 이번엔 절대 안 당해. 그따위 소문에 신경 안 쓸 거야."

"그래도……."

어쩐지 불안하다고 말하려는데, 교실 앞문이 열리고 담임이 들어왔다. 담임은 조용히 하라는 듯이 손뼉을 쳤다. 그러더니 함박웃음을 지으며 내 이름을 불렀다.

"한별이가 저번에 시에서 개최한 독서왕 독후감 대회에서 입상했다. 우리 학교에서는 한별이 딱 한 명이 상을 받는 거야. 자, 다들 축하!"

박수가 터졌다. 나는 교탁 앞으로 나가 담임이 건네준 상장과 상품을 받았다.

"상품 뭐야?"

"상품권. 무려 오만 원짜리 네 장!"

"별이 대단해!"

잠시간 주인공이 된 기분이 나쁘지 않았다. 일등을 해야만 직성이 풀린 듯 굴었다던 이찬우는 이런 기분에 중독되었던 걸까. 그래서 자기가 주인공이 되는 걸 방해한 사람을 모두 없애 버리고 싶었던 걸까. 딱 한 번 월말 평가 일등을 빼앗아 간 유나에겐 앙심을 품었지만, 수정이에겐 아무 짓도 하지 않은 건 역시 수정이를 좋아해서일까. 수정이는 이찬우에 대한 마음을 정말 접은 걸까. 누군가를 좋아하는 감정이, 그렇게 금세 사라질 수 있는 걸까.

이해가 되지 않았다. 영원히 이해하고 싶지도 않다.

"이거 봐. 내 도넛 진짜 동그래."

수정이가 자신의 식판에서 도넛을 들어 보였다. 급식 시간에 도넛이 간식으로 나온 날은 급식실의 떠들썩함이 배가 된다. 오백 원짜리 동전만큼 작은 도넛은 정말 맛있다. 어디에서도 팔지 않는 특별한 맛이다. 급식실 영양사분들 중에 도넛 튀기기의 달인이 있는 게 분명하다.

"비 오는 날 도넛 먹으니깐 그 고양이 생각나네."

수정이는 도넛을 공처럼 손가락 사이에서 굴리며 중얼거렸다.

"고양이?"

"이전에, 나 집에 틀어박혔을 때 만났던 고양이."

그건 어쩌면 꿈이었는지도 몰라. 수정이는 그렇게 이야기를 시작했다.

방에만 틀어박혀 있던 겨울, 비가 내리는 밤이었다. 이불을 뒤집어쓰고 누워 있던 수정이는 고양이 울음소리에 몸을 일으켰다. 어릴 적 고양이를 길렀던 수정이였기에, 도저히 그 소리를 무시할 수 없었다. 수정이는 냉장고에서 생수 한 병과 삶은 닭가슴살을 챙겨 비닐봉지에 넣고 집 밖으로 나갔다. 아파트 단지 안에서 고양이를 본 적이 없는데 어디서 우는 걸까 싶어 화단이며 주차장을 기웃거렸다. 그러다 누군가 옆을 지나가면 흠칫 놀라 우산으로 얼굴을 가렸다. 누가 알아보면 어쩌나 하는 조바심과, 고양이를 찾아야 한다는 마음이 뒤섞였다.

"아파트 입구에서 찾았어. 화단 철조망에 꼬리가 끼어서 꼼짝 못 하고 있더라. 도넛 모양 목걸이를 하고 있어서 집고양이구나 싶었어. 주인이 얼마나 애가 탈까 싶어서 얼른 꺼내 줬지. 고양이는 나를 보고 야옹, 하고 울었어. 꼭 자기를 따라오라는 듯이. 홀린 듯이 그 뒤를 따라갔어. 고양이가 집에 잘 찾아갈지 걱정이 되기도 했어. 고양이는 아파트를 벗어나서 구불구불한 골목길로 접어들었어. 횡단보도를 건너자 처음 보는 시장이 나타났지."

잠깐만. 빵 모양 목걸이를 찬 고양이? 횡단보도를 건너면 나타나는 시장? 내가 리와인드 베이커리를 발견한 날의 상황과 똑같았다.

"비가 내리는 어두운 시장 안으로 걸어 들어갔어. 시장 안의 상가들은 모두 문을 닫았고, 주변에는 개미 한 마리도 보이지 않았지. 우산을 두드리는 빗소리와 내 발소리만 어둠 속에 녹아내렸지. 그런 내 앞에, 빵집이 하나 나타났어. 빵집의 마녀가 내게 소원이 뭐냐고 물었지. 그래서 나는……."

어느새 탁자에 앉은 모두가 수정이의 이야기에 귀를 기울이고 있었다. 목소리가 좋아서인지 수정이의 이야기는 흡입력이 있었다.

"그래서?"

수정이가 한참이나 뜸을 들이자, 희진이가 재촉했다. 수정이는 도넛을 입에 쏙 넣었다.

"이 다음은 비밀."

"뭐야. 김수정. 궁금하잖아."

"무슨 영화 줄거리야? 아니면 드라마?"

아이들이 아무리 물어도 수정이는 비밀이라니까, 라며 오물오물 도넛만 먹었다. 나도 도넛을 입에 넣었다. 고양이. 시장. 빵집. 설마 수정이도 리와인드 베이커리를 만났던 걸까. 의심이 되었지만 물어볼 순 없었다. 정말로 수정이가 리와인드 베이커리를 만났다면, 나에게 어떻게 그곳을 아냐고 물어볼 거다. 그리고 무슨 빵을 샀는지 물어보겠지. 그건 아무래도 '타인에게 시간 쿠키를 먹은 사실을 발설해선 안 된다.'라는 규칙을 어기는 일인 것만 같았다. 그렇지만 역시 물어보고 싶었다. 물어볼까 말까. 급식실을 나와 교실로 돌아가는 내내 고민이 되었다.

"한별. 너 뭐 잃어버린 거 없어?"

교실로 돌아와 자리에 앉으려는데, 이찬우가 내게 다가왔다. 수정이의 책에 초콜릿을 덕지덕지 묻히고 간 후 한 번도 우리 교실에 온 적 없던 이찬우였다. 내게 말을 거는 일은 더욱이 없었다. 나뿐만이 아니라 옆에 앉은 수정이도 긴장하는 게 느껴졌다. 내가 반응하지 않자, 이찬우는 재차 물었다.

"없어. 그런 거."

결국 퉁명스럽게 대꾸했다.

"잘 확인해 봐. 아까 김수정이 네 서랍에서 뭘 가져가려는 걸 봤거든."

이찬우는 냉큼 내 말을 받더니, 나와 수정이의 자리 뒤로 몸을 비집고 들어왔다. 그러곤 막무가내로 수정이를 밀쳐내곤 서랍 안으로 손을 집어넣었다.

"뭐 하는 거야!"

수정이가 질색하며 이찬우를 밀어냈지만, 이찬우는 콧김을 내뿜으며 계속해서 황소처럼 달려들었다. 그러곤 결국 수정이의 책상 서랍에서 책 한 권을 끄집어냈다.

"내가 봤어. 분명히 한별 서랍에서 뭔가를 꺼내서 여기에 넣었어! 수정아. 이젠 그만하고 솔직해져. 나도 언제까지 널 감싸 줄 순 없어."

이찬우는 손에 든 책이 전리품이라도 되는 듯이 높이 들어 보였다. 교실 안 모두의 시선이 이찬우에게 쏠렸다. 이찬우는 득의양양한 표정으로 책을 마구 흔들었다. 책 사이에서 상품권 봉투가 툭 떨어졌다.

"봐. 한별아. 이거 오늘 네가 받은 상품권 맞지?"

"아니야!"

수정이가 자리에서 벌떡 일어났다.

"아니긴 뭐가 아니야? 여기, 책에 김수정이라고 이름도 써 있잖아."

"그 책, 이찬우 네가 나한테 빌려 갔던 거잖아!"

"수정아."

이찬우가 다정하게 수정이를 불렀다.

"이젠 그만하고 다 밝히자. 너 물건 훔치는 버릇, 지금이라도 고치지 않으면 큰일 나. 이거 다 널 위해서 이러는 거야."

"뭐? 물건을 훔치다니, 내가? 야. 이찬우. 너 이런 식으로 또 사람 몰아가려는 거야? 내가 이번에도 네 뜻대로 움직일 것 같아?"

"몰아가다니. 이렇게 증거가 있는데."

수정이와 이찬우가 서로를 노려보았다. 나는 바닥에 떨어진 상품권 봉투를 집어 들었다.

"우리 엄마가 그러는데, 자기만 사랑하면 아무것도 보이지 않게 된대."

내 말에, 이찬우는 인상을 썼다.

"무슨 뜬금없는 소리야?"

"네가 수정이를 진짜 좋아한 적이 한 번도 없다는 걸 너무 잘 알겠단 뜻이야."

"네가 수정이에 대해 몰라서 그래. 내가 지금 너 도와주는 거야. 상황 파악이 안 돼?"

"상황 파악 안 되는 건 너야."

나는 봉투를 열어 이찬우에게 안을 보여 주었다. 그러곤 이찬우가 책을 흔들었듯이, 손을 높이 들어 허공에 봉투를 탈탈 털었다. 봉투에서는 아무것도 떨어지지 않았다. 봉투 안에는 애초에 아무것도 들어 있지 않았다.

"상품권 받자마자 봉투에서 꺼내서 지갑에 넣었거든."

이찬우는 내 손끝에서 펄럭거리는 봉투를 귀신이라도 본 듯한 표정으로 바라보았다.

"그거야. 그건……. 수정이도 몰랐겠지. 상품권 들어 있는 줄 알고 훔친 거지."

"수정이가 그걸 모를 수가 없어. 그렇지, 수정아?"

수정이는 가방에서 내가 건넸던 쪽지와, 5만 원짜리 상품권을 꺼내 책상에 올려놨다.

"별이가 준 거야. 상품권 받고 나서. 쪽지에는 네 덕분이라고 쓰여 있어. 조회 시간 끝나자마자 주더라."

"수정이가 책 추천하고 빌려주기까지 했거든. 난 은혜를 갚을 줄 아는 사람이야."

이찬우가 금붕어처럼 입술을 뻐끔거렸다. 아니야, 그게, 그러니깐. 한참이나 혼잣말을 웅얼거리던 이찬우는 수정이를 쏘아봤다.

"일부러구나. 이건 함정이었어! 김수정. 다 네가 꾸민 짓이지! 그게 아니면 내가 네 서랍에서 책을 꺼냈을 때 놀란 척, 달려들 이유가 없잖아!"

"……넌 진짜 나를 좋아한 적이 없구나."

수정이가 쓴웃음을 지었다.

"네가 지현이에게 거짓말한 거나, 루머를 퍼뜨린 거 모두 나를 고립시켜서 네게만 의지하게 만들려 한 거라 여겼어. 날 좋아하니깐 삐뚤어진 방법을 써서 내 옆자리를 차지하려고 했던 건가, 하고. 그래서 너에게 약간은 미안하기도 했어. 하지만 이젠 확실히 알겠어. 그런 죄책감 가질 필요 없다는 걸."

수정이가 이찬우에게 다가가 손에서 책을 낚아챘다.

"너, 내가 기획사에 스카우트 된 게 질투 났던 것뿐이지? 학원 다닐 때 툭하면 그랬잖아. 이 학원에서 아이돌 될 만한 건 너뿐이라고."

"아, 아니야! 내가 질투 같은 걸 왜 해. 나도 곧 기획사 들어가는데."

"거짓말 그만해. 네가 들어간다는 기획사, 네 사촌 형이 세운 일인 기획사잖아."

"네가 어떻게 그걸……."

이찬우는 벙찐 듯 중얼거리다가 황급히 자신의 입을 손바닥으로 막았다. "뭐야. 이찬우 쟤 기획사 들어간다고 자랑했던 거 거짓말이야?" "역시 그 소문 진짜라니까." "방금 우리가 증인이 된 셈이네. 수정이한테 누명 씌우려고 했잖아." 반 아이들이 들으라는 듯이 목소리를 높여 이찬우를 비난했다.

"진즉에 알았으면서도 찬우 네가 애들 앞에서 이런 짓까지 하는 건 차마 보고 싶지 않다는 마음에 반응한 내가 바보지."

"아, 아니. 나는……. 내가 뭘 좀 오해했나 봐."

이찬우는 뒷걸음질을 치더니 도망치듯이 교실을 나갔다. 나는 그런 이찬우의 뒤통수에 대고 외쳤다.

"다시는 오지 마. 이 똥차야!"

와르르 웃음이 터져 나왔다. 수정이와 나도 눈을 맞추며 웃었다. 한참 웃던 수정이가 내 어깨에 머리를 기댔다. 수정이의 숨결이 내 목덜미를 간지럽혔다.

"왠지 이제야, 그 어두운 방에서 완전히 나온 것만 같아. 그게 내 소원이었어. 그냥, 이렇게 아무렇지 않게 친구랑 수다 떨고 기대는 거. 멈춰 버린 시간이 다시 돌아가는 거."

수정이가 리와인드 베이커리를 만난 거라면 좋겠다. 그곳에는 분명, 지금보다 조금 더 어렸던 수정이의 슬픔을 달래 줄 빵이 있었을 거다. 그곳은 특별하니깐.

나도 수정이의 머리에 가볍게 머리를 마주 기댔다.

7월 7일.

어쩔 수 없는 선택

금요일, 문화 체험의 날이다. 나는 유나와 버스 정류장에서 만나 한강까지 함께 가기로 했다. 다행히 날씨는 좋았다. 좋다 못해 살짝 더워서 정류장에 도착했을 때는 이마에 땀이 맺혔다. 정류장에 서서 유나를 기다리며 앉아 있자니 바람이 불 때마다 지면에 고인 더위가 먼지와 함께 풀썩 일어났다가 가라앉았다. 손을 휘저어 부채질했다.

여름이었다. 여름이 무르익어 가고 있었다.

여름 방학이 되기 전에 성건이에게 고백하려고 했었다. 유나가 내게 성건이를 좋아한다고 털어놓았던 통화 이후, 유나는 한 번도 그 화제를 꺼내지 않고 있다. 나도 마찬가지다. 고백하고 싶다. 하지만 고백했다간 지금의 관계까지 사라져 버리는 건 아닐까 무섭다. 어쩌면 유나도 나와 비슷한 고민을 하고 있을지도 모른다.

고백한다. 고백하지 않는다.

길 건너 신호등의 깜빡거림이 꼭 내 마음 같았다. 빨간 불이 초록으로 완전히 바뀔 때까지 멍하니 신호등을 보며 서 있는데, 눈앞에 아이스크림 하나가 불쑥 내밀어졌다.

"선물. 오늘 은근히 덥다. 그치?"

유나였다. 유나가 내민 아이스크림은 소다 맛 하드였다.

"우리 학교도 이런 날은 사복 입게 해 주면 좋을 텐데."

"그래도 후드 티나 카디건은 입을 수 있잖아. 중학교 땐 진짜 완전 교복만 입어야 돼서 짜증났었어. 우리 학교 교복 리본이 무려 노란색이었다니깐. 다른 학교 애들이 다 병아리 반이라고 놀렸어."

정류장에 앉아 수다를 떠는 사이 버스 세 대가 멈췄다가 출발했다. 나와 유나는 버스가 멈추면 한 번씩 시선을 줬지만, 둘 중 누구도 다급하게 아이스크림을 먹어 치우진 않았다. 집합 시간까지는 여유가 있었고 하드는 천천히 녹여 먹어야 맛있는 법이다.

"별아."

유나가 나를 부른 순간, 어쩐지 무슨 말을 하려는지 알 것 같았다. 비밀을 나누려는 목소리는 살짝만 건드려도 깨지는 유리판처럼 얇고도 투명해서 모를 수가 없다. 그리고 유나가 나와 공유할 비밀이라면 역시 그거다.

"나 방학식 날에 성건이에게 고백하려고 해."

역시였다. 어떻게 반응해야 할지 알 수 없어서 아이스크림만 뚝 베어 물었다.

"그래서 말인데. 별이 너도……. 너도 함께 고백하지 않을래?"

"어? 뭐라고?"

"그러니깐……. 같이."

잘못 들었나 싶어 되묻자, 유나의 목소리가 금이라도 간 듯이 갈라졌다. 그러곤 와장창 깨졌다.

"나, 나는 성건이의 마음이 어떤지 확인하고 깨끗하게 포기하고 싶어! 그렇지만 별이 너랑도 어색해지긴 싫어. 나는 이젠, 별이 네가 성건이만큼 소중해! 그렇다고 고백도 하지 않고 끙끙거리는 건 이상하잖아. 그러니깐 같이 고백하자. 나는 성건이가 별이 너랑 사귄다고 하면 응원해 줄 수 있어!"

"유나야. 아이스크림!"

유나가 들고 있던 아이스크림이 손안에서 뭉개져 교복으로 흘러내렸다. 너무 꽉 움켜쥔 탓이었다. 유나는 깜짝 놀란 듯이 손을 교복 치마에 문질렀다. 손에 묻은 아이스크림이 닦이기는커녕 치마와 손 양쪽 모두 더러워졌다. 나는 가방을 뒤져 물티슈를 꺼내 유나에게 내밀었다. 유나는 한동안 손만 벅벅 문질렀다.

"나 너무 비겁하지."

휴지에 소다의 푸른색이 물들었다.

"유나 네가 뭐가 비겁해?"

당당하게 나도 고백하겠다고 하지 못하는 나야말로 비겁하다. 아이스크림을 또 한 입, 아그작 베어 물었다.

"비겁해. 사실 나, 알고 있었어. 별이 네가 성건이 좋아하는 거. 체육 대회 날, 창고에서 나한테 혹시 서성건을 좋아하냐고 물었잖아. 그때 알았어. 아, 얘도 성건이를 좋아하는구나, 하고. 어떻게 모르겠어. 나 그렇게까지 눈치 없진 않아."

그렇지만 눈치채지 못한 척했다고, 유나는 우물쭈물 덧붙였다.

"고백 도와 달라고 했던 것도 선수 치려고 한 거였어. 혹시라도 별이 네가 성건이한테 먼저 고백하면 어쩌나 싶었어. 차이더라도……. 고백이라도 해 보고 싶었어."

"왜 자꾸 차인다고 해? 성건이가 유나 널 좋아할 수도 있잖아."

174

"별이 널 좋아할 수도 있지."

갑자기 웃음이 나왔다. 떡 줄 사람은 생각도 안 하는데 김 칫국부터 마신다고, 성건이가 누구를 좋아하는지도 모르는데 널 좋아한다고 서로에게 떠미는 듯한 모양새가 우스웠다.

"아니면 우리가 아닌 다른 사람을 좋아하거나."

유나도 살짝 미소를 지었다.

"맞아. 우리끼리 땅 파 봤자 아무 소용 없지."

유나는 꾸깃꾸깃 구겨진 휴지를 꼭꼭 눌러 펴더니, 차곡차곡 접었다.

"별아. 하나만 약속해 줘."

"뭘?"

"어떻게 결론이 나도, 우리 서로 미안해하지 않기로."

유나가 내게 새끼손가락을 내밀었다. 기꺼이 손가락을 마주 걸었다. 아무리 손가락을 걸고 흔들어도 약속이 꼭 지켜지지는 않는다는 걸 안다. 유치원 졸업식 날 앞으로도 계속 함께 놀자고 맹세했던 친구들 대부분이 연락이 끊겼다. 그래도 서로의 손가락이 얽혔을 때의 체온은 분명하게 기억한다. 그 기억에서 나와 유치원 친구들은 영원히 뛰어놀고 있다.

그러니 이 약속도 무의미하지 않을 것이다.

"버스 온다."

"우리 이번엔 타야 해."

버스는 정류장을 약간 지나쳐 멈췄다. 나와 유나는 손가락을 풀고 버스를 향해 뛰었다. 유나와 닿았던 손가락에서는 끈적끈적하고도 시원한, 여름의 냄새가 났다.

토크 콘서트는 3시부터였다. 출석 체크 후 3시까지는 자유 시간이라는 담임의 말이 끝나자마자 아이들은 환호성을 지르며 흩어졌다. 나는 친구들과 함께 나무 그늘에 자리 잡았다. 한강이 정면으로 보이는 명당이었다. 문제는 아무도 돗자리를 챙겨 오지 않았단 거였다. 괜찮다. 우리에겐 무엇이든 답해 주는 검색창이 있으니깐. 인터넷 속 한강 피크닉 고수들이 역 쪽에서 돗자리를 빌릴 수 있다고 알려 주었다.

"수정이랑 유나, 너희는 자리 맡고 있어. 내가 돗자리 빌려 올게."

명당을 노리는 사람들이 더 모여들기 전에 돗자리를 가져와야 한다는 사명감에 불타 빠르게 역 쪽으로 갔다. 2천 원에 돗자리를 빌려 왔던 길을 되돌아가는데, 성건이가 공원 입구 쪽 편의점에서 나오고 있었다. 양손에 쟁반을 들고 조심스럽게 걷는 뒷모습이 정말 펭귄 같았다. 쟁반에는 컵라면이 세 개씩 놓여 있었다.

"혼자서 그걸 다 들고 가는 거야?"

성건이에게 다가가 말을 걸었다.

"가위바위보에서 졌어."

"내가 하나 들어 줄게."

성건이가 멋쩍게 웃으며 쟁반 하나를 내게 건넸다. 쟁반을 들고 성건이와 나란히 걸어가는데, 여자 셋이 우리 옆으로 다가왔다.

"저기. 파랑 춤추는 할머니 쇼츠 영상에 나온 학생들 맞죠?"

아마도 댄스 챌린지를 본 사람들인 것 같았다. 셋 중 한 명이 내게 자신의 휴대폰을 내보였다. 역시 그 영상이었다. 내가 맞다고 하자, 여자는 급하게 영상 다시 보기 버튼을 눌렀다.

"여기요. 이거! 칠판에 이거, 누가 쓴 거예요?"

"셋 중에 누가 한별일까 궁금해서 참을 수가 있어야죠."

휴대폰을 내민 여자가 어느 한 지점에서 정지 버튼을 누르더니, 영상 한구석을 가리켰다. 이 사람들이 어떻게 내 이름을 아는 건가 싶어 가리킨 곳을 자세히 들여다봤다. 여자의 손가락 끝이 가리킨 건 칠판이었다. 칠판 한쪽에 내가 썼던 낙서 '나는 ○○○이 좋아.'라는 문장의 빈칸이 채워져 있었다. 영상을 몇 번이고 보면서도 이제껏 눈치채지 못했다.

"어, 그냥 쓴 거예요. 칠판에 낙서 있는 게 예쁠 것 같아서요."

그렇게 얼버무리면서도 가슴은 요동쳤다. 영상을 찍은 날, 촬영 중에 칠판에 손을 댄 사람은 없었다. 춤을 추고 영상을 확인하기에도 바빴으니깐. 그리고 촬영은 유나가 오자마자 시작했었다. 고로 빈칸에 내 이름을 적어 넣을 수 있었던 건 성건이뿐이었다.

"네가 쓴 거지?"

여자들이 자리를 떠나자마자 성건이에게 물었다. 당장 묻지 않고는 견딜 수가 없었다. 그대로 모른 척 쟁반을 들고 갔다가는 잦아들지 않는 떨림 때문에 라면을 몽땅 엎어 버릴지도 몰랐다.

"어, 응."

성건이는 우물쭈물 대답하더니 잰걸음으로 걸었다. 꼭 지금의 상황에서 도망치려는 듯한 태도에, 나는 성건이의 팔을 붙잡았다.

"왜 내 이름을 썼어?"

"그게."

"제대로 말해. 그렇지 않으면……."

나는 다른 쪽 손에 든 쟁반을 불쑥 앞으로 들이밀었다.

"라면 다 불어 터질 때까지 꼼짝도 안 할 거야."

성건이는 몇 번이나 아랫입술을 잘근잘근 씹다가 입을 열었다.

"좋아해서."

성건이의 얼굴이 쟁반에 담긴 라면과 비슷한 색이 되었다. 아마 내 얼굴도 그랬을 거다. 나는 잡고 있던 성건이의 팔을 슬그머니 놨다. 나와 성건이는 천천히 다시 걸음을 옮겼다. 누군가 마법을 썼을 리도 없는데, 이상하게도 시간이 아주 느리게 흘러가는 것만 같았다. 하고 싶은 말이 입안에 가득 차서 더 그렇게 느꼈을지도 모른다. 좋아하다니, 친구로서? 아니면 사귀고 싶단 뜻으로? 좀 더 확실하게 말하라고! 하지만 입을 열면 이 시간이 끝나 버릴 것만 같아서, 말을 입안에 가둔 채 그저 걸었다. 운동화 끝에 잔디의 초록이 물들었다. 선선하게 불어오는 바람이 이마에 배어 나온 땀을 식혔다.

어쩐지, 이대로 영원히 걸을 수 있을 것만 같아.

그런 생각이 들었을 때, 성건이의 목소리가 걸음을 멈추게 했다.

"방학 때 운동하려고 했어."

"운동?"

"별이 네가 좋아한다는 아이돌 봤거든. 잘생겼더라. 솔직히 내가 잘생기진 않았잖아. 그래서 운동이라도 해서, 조금이라도 나아진 모습으로 고백하고 싶었어."

역시 고백이었다. 라면 쟁반을 손에 든 채 고백을 받는 게, 꿈꾸던 장면은 아니었다. 하지만 뭐 어떤가. 나쁘지 않다. 오히려 좋았다. 앞으로 나는 컵라면을 먹을 때마다, 여름의 잔디밭을 걸을 때마다, 한강 공원이란 단어를 들을 때마다 이 순간을 떠올리게 될 거다. 더운 공기도, 근처에서 떠드는 사람들의 소음도, 바닥에 뒹구는 쓰레기까지 여름의 모든 것을 좋아하게 될 것만 같았다.

"나도 방학 때 다이어트 하려고 했어."

그랬다. 시간 쿠키를 먹기 전에 내 계획은 여름 방학 동안 열심히 다이어트를 한 후 고백하는 거였다. 성건이가 전학을 가 버릴 줄 몰랐으니깐. 등굣길에 성건이와 마주치거나, 쉬는 시간에 괜히 복도를 서성거리다가 성건이를 보면 혼자 반가워하는 날들이 계속될 줄 알았다. 그날들이 갑자기 뚝 잘려 나갈 수 있음을 그때는 몰랐다.

"다이어트? 별이 네가 그런 걸 왜 해?"

"고백하려고."

성건이가 우뚝 멈춰 섰다.

"누구한테?"

"근데 너, 방학 동안 운동해도 몸 못 만들면 어떻게 하려고 했어?"

나는 성건이의 질문에 답하지 않고 되물었다.

"그야, 그러면……."

"난 다이어트 실패해도 고백할 거야. 좀 더 멋지게 고백하려다가 영원히 마음을 전할 수 없게 되어 버릴 수 있다는 걸이젠 알거든."

"그건……. 맞아. 나도 후회하긴 싫어."

성건이는 곧게 등을 펴고 자세를 고쳐 섰다.

"별아."

다정한 목소리가 나와 성건이의 주변을 둘러싸, 외부의 소음을 차단하는 얇은 막을 만든 듯했다. 서로의 심장 뛰는 소리까지 들리는, 오직 두 사람만의 공간. 마른침을 삼키는 듯성건이의 목울대가 크게 움직였다. 그리고 드디어, 성건이가다시 입을 열려고 할 때였다.

공원에 호루라기 소리가 울려 퍼졌다.

그 날카로움이 막을 찢었다. 경찰이 우리 옆을 지나 둑 쪽으로 뛰어갔고, 그와 반대로 둑 쪽에서는 한 무리의 사람들이 비명을 지르며 달려왔다. 그중에는 우리 반 애들도 있었다.

"무슨 일이야?"

옆을 지나가는 반 애를 붙잡고 물었다.

"웨, 웬 미친놈이 칼을 마구 휘둘렀어. 애들 찔리고 장난 아냐."

"뭐? 무슨 소리야?"

"진짜야. 갑자기 나타나서는 막 칼을 휘둘렀다니간. 야, 한별. 너 빨리 가 봐. 유나도 찔렸어."

"뭐? 거짓말이지?"

"진짜래도! 담임이 유나 찔리는 거 막으려다가 함께 찔렸어."

나와 성건이는 누가 먼저라 할 것 없이 뛰었다. 손에 들고 있던 쟁반을 집어던지고, 숨이 턱 끝까지 차도록 친구들이 있는 나무 쪽으로 달렸다.

"뭐야. 이게……."

눈앞에 펼쳐진 광경에 다리에 힘이 풀렸다. 나는 그대로 땅에 주저앉았다. 수정이가 울고 있었다. 구급 대원이 들것에 담임을 옮겨 눕히고 있었고, 담임 옆에는 이미 다른 들것에 유나가 누워 있었다. 한쪽에서 경찰이 검은 모자를 푹 눌러 쓴 남자를 포박해 끌고 갔다. 범인이었다. 범인은 끌려가면서 "나를 알아주지 않는 이 사회가 나빠!"라고 고래고래 소리를 질렀다.

"빨리 병원으로 옮겨!"

"여자애는 이미 의식이 없어."

"목격자들 말이, 애들이 앉아 있던 나무 뒤에서 갑자기 칼을 들고 뛰쳐나왔답니다."

"나무 뒤에 구멍이 파여 있어. 칼을 파묻어 놓았던 것 같아."

"개 사체도 있습니다. 냄새가 죽은 지 하루는 지난 것 같은데요."

"이거 그 개 아냐? 어제 경찰서에 개 찾아 달라고 전단지 들고 온 사람 있었잖아. 그 개랑 털 색깔이 똑같은데."

"어이. 거기 학생들! 여기 있으면 안 돼!"

경찰 한 명이 나와 성건이에게 소리를 질렀다. 성건이가 나를 부축해 일으켜 세우려는 듯, 어깨를 붙잡았다. 몸이 앞으로 기울면서 옆으로 메고 있던 가방이 무릎으로 밀려와 닿았다.

있었다. 유나를 구할 방법이.

나는 가방을 열어 안에 넣어 둔 시간 쿠키를 움켜쥐었다.

"서성건."

왜 하필 지금일까. 시간을 되돌리면 성건이의 고백도 없던 일이 될 것이다. 여우비 내리던 날의 첫 만남이 없던 일이 되었듯이, 나만이 그 두근거림을 기억하게 될 것이다.

"너, 나한테 고백했던 거 잊어버리면 안 돼."

그래도 선택할 수밖에 없었다. 유나도, 담임도 모두 무사하기를 바라니깐. 그 소원이 너무나도 절실했다.

나는 가방에서 하루 쿠키를 꺼내 한입에 욱여넣었다.

7월 6일.

비 오는 목요일, 되돌아오다

익숙한 어지러움에 눈을 꽉 감았다. 어지럼증이 가라앉아 눈을 뜨자 집 거실의 소파 위였다. 나는 바로 휴대폰을 꺼내 날짜를 확인했다.

돌아왔다.

한강에서 사건이 벌어지기 하루 전인, 목요일 아침이었다.

"왜 멍하니 앉아 있어? 학교 안 가?"

"응? 가야지. 지금 갈 거야."

엄마의 말에 느릿하게 몸을 일으켰다. 정신 차려야지 하면서도 방금 잠에서 깬 듯 멍한 기분이 쉽게 사라지지 않았다. 처음 시간 쿠키를 먹었을 때도 그랬던 걸 보면 아마 부작용인 모양이다.

"별아! 가방!"

현관문을 열고 나가려는데, 엄마가 허둥지둥 달려와 내게 가방을 내밀었다.

"가방도 안 가지고 어딜 가?"

"아, 맞다."

가방을 받아 들자, 엄마가 내 이마에 손을 가져다 댔다.

"어디 아프니? 열은 없는데."

"아냐. 그냥 잠이 덜 깼어. 갔다 올게."

"진짜 괜찮은 거지?"

걱정스러운 엄마의 눈빛에, 울컥 눈물이 밀려 나올 뻔했다. 괜찮지 않아. 엄마. 내 친구가 눈앞에서 죽었어. 걔가 의식이 없대. 그 사람은 왜 그런 짓을 했을까? 담임 선생님은 괜찮을까? 퉁명스러워도 좋은 선생님인데. 유나를 감싸다가 다쳤대. 엄마. 나 무서워. 하지만 말할 수 없었다. 나는 울음을 목 아래로 꾹꾹 눌렀다.

"응. 완전 괜찮아."

엄마는 미심쩍은 눈빛을 거두지 않고 내 이마에서 손을 뗐다.

"우산은 잊어버리지 말고 꼭 가져가."

"우산? 엄마. 밖에 비 와?"

"얘가 진짜. 새벽부터 계속 내리고 있잖아. 너 진짜 괜찮아? 감기 아냐? 학교 쉬고 병원 갈래?"

학교를 쉬다니, 절대 안 될 일이다. 나는 현관에 놓인 우산을 집어 들고 현관문을 열었다.

"아냐! 진짜 멀쩡해. 학교 다녀오겠습니다!"

집을 나오자마자 아파트 복도에 난 창으로 밖을 봤다. 정말로 비가 내리고 있었다. 엘리베이터 안에서 휴대폰으로 이번 주 날씨를 확인했다. 비. 비. 비. 우산 그림이 일요일까지 쭉 이어졌다. 시간을 되돌리기 전에는 목요일에 비가 오지 않았다. 사건 당일이었던 금요일도 해가 쨍쨍했다. 우산을 펼쳐 쓰고 학교로 향했다. 우산을 두드리는 빗소리에 울고 싶던 기분이 조금씩 나아졌다. 비가 오면 내일 한강에 가는 일정은 취소될 것이다. 한강에 가지 않으면 미친 살인마와 마주칠 일도 없다! 거센 빗줄기가 고민을 씻어 내려 주는 듯했다.

하지만 웬걸. 조회 시간에 담임은 문화 체험의 날 야외 활동은 취소되지 않았다고 공지했다.

"강수 확률이 20퍼센트 이내이기도 하고, 북토크는 천막 치고 하니깐 비가 와도 크게 상관없거든. 부모님들에게 잘 말씀드려라."

안 된다고 소리를 지를 뻔했다. 그런 내 속을 알 리 없는 수정이는 옆에서 한강 가는 게 취소되지 않아서 다행이라고 소곤거렸다. 다른 아이들의 반응도 비슷했다. "비가 와도 교실에 있는 것보다야 한강이 낫지." "취소될까 봐 걱정했는데 잘됐다." 비 오는데 무슨 야외 활동이냐고 항의했다가는 공공의 적이 될 분위기였다. 어쩔 수 없이 나도 기쁜 척을 했다.

"선생님. 잠깐만요."

조회가 끝나고 담임을 따라 복도로 나갔다.

"혹시 내일 북토크 취소되면 한강 가는 것도 취소되나요?"

"응? 그렇지. 북토크가 메인이니깐. 그렇지만 걱정하지 않아도 돼. 강연자가 배탈이라도 나면 모를까. 하루 전에 취소되는 일은 잘 없어."

그렇게 한강에 가고 싶냐고 웃는 담임이 답답했다. 웃을 때가 아니라고요. 선생님. 내일 그곳에 가면 선생님은 크게 다친다고요. 사람 속도 모르고. 결국 내일의 행사를 멈출 수 있는 힌트도 무엇 하나 얻지 못했다. 강연자가 배탈이 나게 몰래 약을 탈 수도 없는 노릇이었다. 휴대폰으로 검색을 해 보니, 내일 북토크 강연자는 전직 국회 의원이었다. 물에 약을 타러 갔다가는 타기도 전에 경호원들에게 잡힐 것 같았다. 전화번호나 이메일이 공개되어 있지도 않아서, 제발 내일 강연에 오지 말아 달라고 연락할 방도도 없었다.

"별아. 우리 내일 만나서 같이 가기로 한 거 말이야."

유나가 내게 다가왔다. 들것에 꼼짝도 하지 않고 누워 있던 유나의 모습이 그 위에 어른거리며 겹쳤다.

"뭐야. 너희 둘이 집합 장소에 같이 가기로 했어?"

수정이가 나와 유나의 사이에 끼어들었다.

"응. 정류장에서 만나서 같이 가기로 했어."

"나도 같이 가. 엄마가 비 올 것 같은 날은 운전하기 힘들대."

또다시 달라졌다. 시간을 되돌리기 전에 수정이는 부모님 차를 타고 한강에 왔었다. 하지만 이번에는 버스를 타고 간다고 한다. 바뀐다. 분명히 바꿀 수 있다. 친구들 몰래 주먹을 꽉 움켜쥐었다.

한강에 가는 걸 막을 수 없다면.

수업 시간 내내 한강에서 일어났던 사건을 곱씹었다. 그때 좀 더 많은 걸 알아 둘 걸 그랬다. 범인의 이름을 알았다면 경찰서에 미리 제보할 수도 있었을 거다. 하지만 그때는 너무 놀라서, 이런저런 생각을 할 겨를이 없었다.

"아니지. 갑자기 그런 말을 한대도 믿어 주지 않을 거야."

"응? 뭘 믿어?"

가방을 챙기던 수정이가 무슨 소리냐는 듯이 나를 봤다. 나는 얼른 입을 다물었다. 집중한 나머지, 생각이 혼잣말로 새어 나가 버렸다. 그나마 수업이 끝나고 집에 갈 준비를 하던 중인 게 다행이었다. 아까는 수업 중에 머리를 감싸안고 책상에 쓰러지는 바람에 보건실에 끌려갈 뻔했다.

"아무것도 아냐."

"뭐야. 별이 너 오늘 좀 이상해."

투덜거리는 수정이와 함께 교실을 나왔다. 학교 현관에서 신발을 갈아 신으려는데, 경비 아저씨가 우비를 뒤집어쓰고 화단 앞쪽에 서 있는 것이 보였다.

"아저씨. 비 오는데 뭐 하세요?"

경비 아저씨는 손에 든 삽을 흔들어 보였다.

"화단에 구덩이 파는 중이야. 안 그러면 빗물이 고여서 꽃 뿌리가 썩거든."

경비 아저씨의 발아래에 파여 있는 구덩이. 꽃이 죽기 전에 미리 예방해야 한다는 말. 나는 신발을 손에 든 채 벼락이라도 맞은 듯이 굳었다. 시간을 되돌리기 전에 사건 현장에서 들었던 경찰들의 대화가 기억났다. 범인이 나무 뒤 구덩이에 칼을 미리 파묻어 두었다고 했었다. 그 칼을 경찰서에 증거로 가져가면, 이상한 남자가 칼부림 사건을 일으킬 거란 말을 믿어 줄지도 모른다. 믿어 주지 않는대도, 내일 범인이 칼부림을 벌이려고 할 때 흉기가 없어서 포기할 수도 있다.

한강 공원에 가서 나무 뒤 구덩이를 찾자.

내일의 비극을 막을 수 있는 유일한 방법이었다.

⊛

비 내리는 한강 공원은 한가했다. 축축한 잔디밭을 가로질러 사건이 일어났던 곳으로 갔다. 혹시 범인과 마주치면 어쩌나 싶어 주변을 두리번거리느라 걸음이 느려졌다. 주머니 속 여우 인형을 꽉 움켜쥐었다. 인형을 가지고 있으면 할머니가 지켜 주지 않을까 싶어 가져왔다. 어쨌든 지금 내겐 무엇이든, 용기를 줄 것이 필요했다. 하지만 아무리 인형을 꽉 쥐어도 걸음은 조금씩 점점 더 느려질 뿐이었다.

만약 범인이 아직 구덩이를 파지 않았으면 어쩌지. 학원 끝나기 전까지는 집에 가야 하는데. 학원을 빠지고 몰래 여기에 온 걸 엄마에게 들키면 집 안에 폭풍이 몰아칠 거다. 아니야. 혼나는 것쯤은 전혀 무섭지 않다. 무서운 건 막지 못하는 거다. 내일 무슨 일이 일어날지 아는데 아무것도 바꾸지 못하는 것. 유나와 수정이를 데리고 그 나무 아래를 벗어나면 될까? 그럼 유나는 칼에 찔리지 않을지도 모른다. 하지만 담임은? 다른 사람들은? 유나가 아닌 다른 누군가가 다

치면 그건 시간을 되돌린 내 탓이 되는 걸까? 철퍽. 운동화 속으로 빗물이 들어와 양말을 적셨다. 나는 커다란 물웅덩이에 잠긴 내 발을 우두커니 내려다보았다.

"무서워."

꾹꾹 밟아 눌러 둔 눈물이 터졌다. 무섭다. 무서워 죽겠다. 아무도 구하지 못할까 봐, 유나가 또 죽을까 봐 무서워서 다른 건 다 어찌 되든 좋을 정도다. 물웅덩이에 쪼그려 앉아 펑펑 울었다. 물웅덩이에 점점 더 빗물이 차올라 발목까지 잠겼을 때였다. 검은 장화를 신은 누군가 내 앞에 섰다. 발만 봐도 체격이 큰 사람이었다. 검은 모자를 눌러쓰고 있던 범인이 떠올랐다. 내 앞에 서 있는 사람이 범인이면 어쩌나 싶었다. 긴장으로 몸이 굳어 고개를 들고 얼굴을 확인할 엄두조차 나지 않았다.

"학생."

"으아아악!"

굵고 낮은 목소리와 함께 가까워지는 기척에 비명이 터져 나왔다.

"별아!"

뒤에서 익숙한 목소리가 내 이름을 외쳤다. 엉거주춤 몸을 일으키며 뒤돌아봤다. 성건이가 쓰고 있던 우산을 내던지고 달려와, 내 앞에 선 남자를 있는 힘껏 밀쳤다. 남자가 손을 허우적거리며 뒷걸음질을 쳤다. 남자가 손에 들고 있던 종이 더미가 허공에 흩날렸다.

– 개를 찾습니다.

발아래 떨어진 종이에는 새빨간 글씨가 커다랗게 쓰여 있었다. 나는 비를 맞고 선 성건이에게 다가가 우산을 씌워 주었다. 네가 왜 여기 있어, 라고 물어보려는데 남자의 성난 목소리가 내 말을 가로막았다.

"아니, 왜 사람을 떠밀어! 학생이 이 날씨에 쪼그려 앉아 있기에 어디 아픈 건가 해서 도와주려고 한 건데. 어이구. 전단지 다 흩어졌네. 내 새끼 잃어버린 것도 속상해 죽겠는데."

남자가 주섬주섬 전단지를 주워 담았다. 그러는 틈틈이 고개를 들어 나와 성건이를 노려보는 것도 잊지 않았다. 그런데 검은색 우비를 뒤집어쓴 남자의 얼굴이 어딘가 낯익었다.

"사범님?"

남자가 전단지를 줍던 손을 멈추고 나를 봤다. 정면으로 얼굴을 마주하고 확실히 알았다. 남자는 내가 초등학교 때 다녔던 태권도 도장의 사범님이었다. 사범님도 나를 알아본 듯, 매섭던 눈가가 누그러졌다.

"별이 아니냐? 이게 얼마 만이야. 너 중학교 진학하면서 도장 그만뒀으니깐 거의 3년 만이구나. 아이고. 지금 한가하게 인사나 할 때가 아니지. 별아. 반반이가 없어졌어."

"반반이가요?"

사람을 잘 따라서 누구에게든 금방 배를 내보이는 반반이는 도장의 마스코트였다. 목 위는 흰 털, 아래는 검은 털이 층이라도 난 듯 나 있어서 이름이 반반이다. 내가 도장에 다녔을 때 여섯 살이었으니 이젠 완전 할아버지 개가 되었을 거다. 반반이는 세상을 떠난 사범님의 동생이 기르던 개라, 사범님은 반반이를 지극정성으로 아꼈다. 나도 반반이와 자주 놀곤 했었다.

"그래. 학원 차로 원생들 데려다주면서 동물병원에도 들르려고 앞자리에 앉혀 놨어. 마지막 원생이 다리를 다쳐서 집까지 데려다줬지. 내가 미쳤지. 그때 차 문에 키를 꽂아 놓고 내렸지 뭐냐. 정말 잠깐이었어. 그 잠깐 사이에 누가 반반이를 데리고 가 버렸어. 경찰서도 찾아갔지만 개 한 마리 없어진 건 신경도 써 주지 않더라."

없어진 지 벌써 세 시간째라며, 사범님은 울상을 지었다.

"어, 저 이 개 봤어요."

"뭐? 어디서!"

사범님은 금방이라도 성건이에게 달려들 기세로 물었다.

"역 쪽 편의점 앞에서 어떤 남자가 안고 있었어요. 털색이 특이해서 기억나요. 개가 낑낑거리기도 했고요. 개를 안고 저기, 나무 많은 쪽으로 갔어요."

"어느 쪽인지 앞장 좀 서 다오."

사범님의 재촉에 성건이가 앞장섰다. 나도 성건이와 함께 우산을 쓰고 걸음을 서둘렀다. 도착한 곳은 시간을 되돌리기 전, 사건이 일어났던 그 장소였다. 깽깽거리는 울음소리에 사범님이 성건이를 앞질러 뛰어나갔다. 검은 모자를 쓴 남자가 나무 아래 앉아 손을 높이 쳐들고 있었다. 남자의 다른 손 아래에서 반반이가 몸부림을 치며 울부짖었다.

"저, 저 미친놈이! 반반아!"

사범님이 남자에게 달려들었다. 나는 재빨리 휴대폰을 꺼내 경찰서에 전화했다. 수화기 너머 긴급 신고 112입니다, 라는 말이 흘러나왔다.

"여기요, 어떤 사람이 칼을 가지고 있어요!"

목소리가 부들부들 떨렸다. 전화를 받은 경찰은 내게 위치를 묻더니 곧 가겠다고 했다. 그사이에 사범님은 성난 황소처럼 남자에게 덤벼들었다. 텅. 남자가 손에 들고 있던 칼이 땅에 떨어졌다. 남자에게서 벗어난 반반이가 내게로 뛰어왔다.

"이거 놔! 젠장. 왜 다들 날 방해하는 거야!"

사범님의 몸 아래 깔린 남자가 소리를 질렀다. 소란스럽던 사건 현장에서 들었던 그 끔찍한 목소리였다. 범인의 목소리!

"미친놈아. 남의 개를 죽이려고 하면 당연히 방해를 하지!"

"세상이 날 알아주지 않는 게 나빠!"

"어이구. 세상이 왜 범죄자를 알아줘야 해? 좋은 일 하는 사람들도 텔레비전에 다 못 나오게 많은데. 일어나! 더 할 말 있으면 경찰서 가서 해라."

사범님이 남자를 강제로 일으켜 세웠을 때, 경찰 서너 명이 달려왔다. 경찰이 사범님에게서 남자를 넘겨받아 수갑을 채웠다.

"별아. 나는 경찰서에 함께 갈 테니, 반반이 좀 도장에 데리고 가 다오."

사범님의 부탁에 고개를 끄덕거렸다. 사범님이 경찰과 함께 멀어지고, 나는 반반이를 끌어안은 채 자리에 주저앉았다. 긴장이 풀려 다리에 힘이 빠진 탓이었다.

"잡혀서 다행이다."

성건이의 목소리가 부드럽게 내려앉았다.

"저렇게 동물 학대하는 사람은, 자기보다 신체적으로 약한 사람을 해칠 수도 있다더라."

"맞아. 정말 그랬어."

내일 사건을 일으킬 범인은 경찰서 유치장에 갇힐 거다. 사범님이 가만히 두지 않는다고 했으니깐. 설령 풀려난다고 해도 칼도 없다. 그래도 불안하니깐, 담임에게 동물 학대범이 이 일대에서 잡혔으니 조심하는 게 좋겠다고 말하자고 마음먹었다.

어쨌든 해냈다. 내일 사건은 일어나지 않는다. 유나는 죽지 않는다. 뿌듯한 기쁨이 차올랐다. 나는 힘차게 몸을 일으켰다.

"아까 성건이 네가 갑자기 나타나서 놀랐어."

나와 성건이는 함께 우산을 쓰고 왔던 길을 되돌아갔다.

"별이 너랑 아는 사람인 줄 몰랐어. 이상한 사람이 너 해치려는 줄 알고……. 너 괜찮아? 아까 주저앉아 있었잖아. 어디 아파?"

"어? 아니. 그건 아니고… 성건이 넌 여기 왜 왔어?"

유나가 죽는 걸 막지 못할 것 같아서 그랬다고 밝힐 순 없어서, 슬그머니 말을 돌렸다.

"어. 내일 체험 학습 장소니깐 답사를 좀 하려고 들렀어."

"내일 체험 학습 기대하고 있구나."

"그게……. 맞아. 기대 중이야."

궁금했다. 지금 내 옆에 있는 성건이는 나를 좋아할까? 첫 번째 시간 쿠키를 먹기 전에 유나가 뛰어내리려고 했던 게 떠올랐다. 아니라고 외치던 유나. 나는 유나가 무사히 구조되었는지 확인하지도 않고 학교를 떠났다. 친구들과 아무렇지 않게 떡볶이를 먹으러 갔고, 그 뒤로 유나에 대해 까맣게 잊었다. 그때 나는 유나를 몰랐으니깐. 그러나 시간을 되돌린 후, 나와 유나의 관계는 완전히 바뀌었다.

시간을 되돌리면 현재가 바뀐다. 사건도, 관계도, 어쩌면 마음도.

"아. 내 우산 저기 있다."

성건이가 내 우산 아래에서 빠져나가 길 한 곳에 나뒹굴고 있는 우산을 집어 들었다. 우산을 들고 돌아온 성건이가 내게 무언가를 내밀었다.

"이것도 떨어져 있더라. 이 인형, 별이 네 거 맞지?"

여우 인형이었다. 소동이 벌어지는 사이, 나도 모르게 주머니에서 떨어진 모양이었다. 비에 젖은 여우 인형의 몸 곳곳에 흙이 묻어 있었다. 나는 허둥지둥 인형을 건네받았다.

"맞아. 엄청 아끼는 건데 잃어버릴 뻔했네. 고마워. 내 건 줄 어떻게 알았어?"

"응? 어, 그게."

우산 아래 성건이의 뺨이 유독 붉게 보인 건 내 착각이었을까.

"별이 네가 소중하게 가지고 다니는 걸 봤으니깐."

시간을 되돌리기 전에도, 되돌린 후에도 인형을 찾아 준 성건이. 때와 장소가 바뀌어도, 같은 일이 일어나기도 한다. 이 작은 우연 같은 기적이 또다시 일어나면 얼마나 좋을까. 나는 여우 인형에 묻은 흙을 조심스럽게 털어냈다.

너는 지금, 나를 좋아하니?

차마 물어볼 수 없는 질문이 빗줄기에 섞여 흩어졌다.

물에 젖은 운동화는 곧장 엄마의 손에 들려 나갔다.

"아주 물에 빠진 생쥐네."

엄마는 빨리 따뜻한 물로 씻으라고 내 등을 떠밀었다. 사범님이 엄마에게 전화해 준 덕분에 학원을 빠진 건 혼나지 않았다. 엄마는 내가 반반이를 찾으려고 한강에 간 줄 알 거다. 따뜻한 물에 몸을 담그고 있자, 달라붙어 있던 우울함이 녹아내렸다.

"그래. 해냈잖아. 친구들을 구했어."

고백은 내가 하면 된다. 그렇고말고. 아주 멋들어지게 할 거다. 도로 떠올려 보니, 라면 쟁반을 손에 든 고백 장면은 아무래도 좀 그렇다. 고백한다면……. 아무래도 방학식 날이 좋겠다. 고백에 성공하면 그야말로 신나는 여름 방학이 될 테고, 실패해도 추스를 기간이 생긴다. 문제는 유나가 그날 고백을 한다는 거였다. 아니지. 시간을 되돌렸으니, 유나의 마음이 바뀌었을 수도 있다. 아예 고백을 하지 않기로 했을 수도 있다. 그랬으면 좋겠다.

> 별아. 나 중요하게 할 말이 있어. 오후 8:22

하지만 욕실을 나오자마자 휴대폰 액정에 뜬 유나의 메시지는, 내 바람이 부질없는 것임을 알려 주었다.

7월 21일.

여름 하늘이 번진 날

 뭐든 처음은 특별하다. 첫 등교, 처음 사귄 친구, 처음으로 좋아했던 연예인. 처음으로 교실 앞에 서서 했던 발표. 모든 '처음'이 좋은 결과로 끝나지는 않았다. 몇몇은 떠올리기만 해도 이불 속에서 버둥거리게 될 정도로 창피한 기억으로 남았다. 처음은 처음이라 더 설레고, 더 슬프다. 두 번째 처음이란 없으니깐.

 처음. 첫 고등학교 여름 방학. 그리고 처음 해 보는 고백.

 방학식 날 아침, 나는 떨리는 손으로 성건이에게 메시지를 보냈다.

조회 끝나고 잠깐 보자.
오전 8:15

그래.
오전 8:16

성건이는 왜 만나자는 거냐고 묻지 않았다. 그동안 별거 아닌 걸로도 자주 만났기 때문이다. 반반이를 구한 사건 이후 나와 성건이는 부쩍 친해졌다. 사범님이 고맙다며 밥을 사 주겠다고 해서 함께 도장에 찾아간 게 계기였다. 성건이는 반반이에게 홀딱 빠진 듯이 눈을 떼지 못하더니, 도장 주말반에 등록했다. 나는 반반이를 핑계로 주말마다 도장에 찾아가서, 성건이와 함께 반반이를 산책시켰다.

이젠 나는 성건이에 대해 많은 것을 안다. 성건이의 부모님은 맞벌이고, 나이 차이 나는 누나가 한 명 있다. 축구를 좋아하지만 잘하지는 못하고 시력이 좋지 않은 게 콤플렉스다. 대학에 가면 꼭 라식을 하고 싶다고 했다. 성건이와 내가 똑같은 작가를 좋아한다는 것도 알았다. 성건이는 내가 그 작가를 좋아한다고 하자 무척 반가워했는데, 소설책 읽는 걸 친구들이 유별나다고 볼까 봐 누구에게도 그 작가를 좋아한다는 말을 하지 못했다고 털어놓았다. "넌 다른 사람 눈치 안 보는 줄 알았어." 내 말에 성건이는 눈을 둥그렇게 떴다. "내가? 나 눈치 많이 봐. 나 말재주도 없고 별로 잘하는 것도 없잖아." "유나가 따돌림당할 때 편들어 줬잖아. 남 눈치 보면 그렇게 못 하지.” “어, 그런가?” 성건이가 뺨을 긁적거렸다. “그건, 당연히 그래야 하는 거니깐…….” “아냐. 아무나 못 해. 너 용감했어.” 산책이 끝났을 때 성건이가 반반이의 털에 얼굴을 파묻고 무어라 중얼거렸다. 별이 너야말로. 뒷말은 반반이의 털이 먹어 버린 듯 들리지 않았다.

하지만 아무리 성건이에 대해 많이 알게 되었다 해도 마음까지 알 수는 없다.

“방학식 날에는 수업 안 하면 좋을 텐데.”

“그래도 우리 학교는 오전 수업만 하고 끝이잖아. 오후 수업까지 다 하는 곳에 비하면 양호하지.”

“어차피 들떠서 집중도 안 되잖아.”

등굣길에 만난 친구들과 어울려 교문 안으로 들어서는데, 수정이가 내 어깨를 툭 쳤다.

“저기 봐. 유나가 드디어 마음먹었나 봐.”

운동장 한쪽에 성건이와 유나가 마주 보고 서 있었다. 방학식 날 아침에 고백할 거라던 유나의 목소리가 생생하게 떠올랐다. 미안해하지 말자던 약속까지도. 유나가 그런 말을 한 건, 고백에 성공할 자신이 있어서가 아니었을까. 유나는 예쁘고, 성격도 좋고, 은근히 뭐든 잘한다. 내가 남자라면 유나에게 고백받으면 당장 사귈 거다. 그러니 성건이도…….

"나유나 드디어 서성건한테 고백해?"

"성건이도 쟤 좋아하는 거 아냐? 유나 따돌림당할 때 쟤랑 붙어 다녔잖아."

"난 그때 이미 저 둘이 사귀는 줄 알았어."

친구들의 말이 화살처럼 날아와 아프게 박혔다. 그러는 동안에도 성건이와 유나에게서 시선을 뗄 수 없었다. 성건이를 올려다보던 유나가 환하게 웃었다. 치명타였다.

"고백 성공했나 보네."

"이따가 물어보자. 별아. 뭐 해. 빨리 와."

수정이가 내 팔을 잡아끌었다. 나는 패잔병처럼 질질 발을 끌며 걸었다. 성건이와 유나가 사귄다. 나는, 내 고백은, 내 마음은 어떻게 되는 걸까. 이대로 사라져 버리는 걸까.

고백이라도 먼저 할 걸 그랬다.

후회됐다. 유나보다 내가 먼저 고백했다면 무언가 달라졌을 수도 있다. 적어도 내 마음을 전할 수는 있었을 거다. 교실에 들어가 가방을 내려놓는데, 가방 안에 든 시간 쿠키가 보였다. 딱 하나 남은 한 시간 쿠키다.

이 쿠키를 먹으면, 한 시간 전으로 돌아갈 수 있다.

나는 쿠키를 꺼내 꼭 움켜쥐고 교실을 나왔다. 성건이와 만나기로 한 벤치에 가서 쿠키를 먹고 시간을 되돌린다. 그럼 나는 유나보다 먼저 성건이를 만나서 고백을 할 수 있다. 나는 운동장의 벤치로 향하며 쿠키의 포장지를 벗겼다.

하지만 먹을 수 없었다.

쿠키를 베어 물면, 그래서 시간이 돌아가면 유나의 고백은 사라진다. 내가 모르는 수많은 사람이 한 시간 동안 겪었을 사건과 감정도 몽땅 사라진다. 성건이가 나와 여우비 내리는 광경을 봤던 것을 잊어버렸듯이, 누군가의 첫사랑이 시작되는 순간이 사라져 버릴지도 모른다. 나는 더 이상 어떠한 감정도 사라지기를 원하지 않았다.

"하자. 고백."

사귀지 못한다고 해도 고백이 실패하는 건 아니다. 내 마음을 제대로 전하면 그걸로 그 고백은 성공하는 거다. 벤치에 앉아 하늘을 올려다보았다. 물감이라도 칠한 듯한 여름 하늘의 파랑이 마음에 번지는 듯했다.

"별아."

손등에 차가운 것이 닿았다.

"기다렸어?"

성건이가 초코 우유를 들고 내 앞에 와 섰다. 내가 좋아한다고 말했던 초코 우유. 아이돌 캐릭터 키링도 그렇고, 성건이는 내가 스쳐 지나가듯 좋아한다고 말한 것을 잊어버리지 않는다. 그러니깐 나의 고백도 아주 오랫동안 기억해 줄 것이다. 마른침을 삼키고 입을 열려는데, 성건이가 초코 우유 입구를 열더니 단번에 들이마셨다.

"그거 나 주려던 거 아냐?"

"좋아해!"

당황한 내 목소리와 우렁찬 성건이의 외침이 거의 동시에 나와 뒤섞였다. 다 마신 우유갑을 양손으로 움켜잡고 나를 보는 성건이의 이마가 열이라도 나듯 빨갰다.

"원래 한강에서 고백하려고 했어. 그래서 전날에 거기 갔던 거야. 고백하기 좋은 장소 찾아보려고. 여름 방학 끝나고, 몸이라도 좀 만들어서 고백하는 게 좋을까 고민도 했거든. 하지만 왠지, 더 이상 미루고 싶지 않았어. 미루면 안 될 것만 같았어."

점점 더 빨개져서 터질 듯이 변한 성건이의 이마가 사랑스러웠다.

"좋아해. 괜찮다면 사귀어 줄래?"

서성건이 나, 한별을 좋아한다. 되돌아온 시간 속에서 받은 또 한 번의 고백이었다. 쿠키를 먹지 않았는데도 쿠키 열 개쯤은 한 번에 먹은 듯한 달콤함이 밀려왔다.

바뀌지 않는 것도 있구나.

나는 손에 쥐고 있던 쿠키를 반으로 잘라, 반을 내 입에 넣고 반은 성건이에게 내밀었다. 성건이는 시뻘건 얼굴로 쿠키를 받아먹었다. 쿠키가 입안에서 부드럽게 녹아 사라졌다. 성건이의 입가에는 쿠키 부스러기가 묻었다.

나누어 먹은 시간의 흔적이었다.

에필로그

째깍. 괘종시계의 시침이 움직였다.

"오랜만에 새로운 빵이 구워졌구나."

할머니가 콧노래를 부르며 빵이 담긴 쟁반을 들고 나왔다.

"시간 쿠키를 사 간 손님이 얽힌 시간의 끈을 아주 잘 풀어낸 모양이야. 시간 속에서 헤매던 슬픔이 이렇게나 맛있는 빵이 되었지 뭐냐."

괘종시계 위에 엎드려 있던 고양이가 바닥으로 폴짝 뛰어내려왔다.

"그래. 아주 특별한 손님이었지. 상상할 줄 아는 힘을 가진 손님! 그건 아주 귀한 능력이야. 타인의 고통이나 아픔에 공감하려면 상상력이 필요하거든. 그런 사람은 시간 쿠키를 손에 넣어도 함부로 시간을 돌리지 않지. 시간 쿠키가 상상력을 가진 손님에게만 모습을 드러내는 이유지. 요즘은 그런 사람이 참 드물어."

한탄도 잠시, 할머니는 곧 활기차게 쟁반의 빵을 집었다.

"보자. 이 빵은 우물 밖 개구리 도넛을 사 갔던 손님의 시간이 익어 만들어졌구나. 방에 틀어박혀 친구를 의심하는 날에서 벗어나고 싶다던 여자아이였지."

음표 모양 도넛이 진열대에 놓였다.

"이건 좋아하는 여자아이와 대화 한 번 제대로 해 보지 못하고 전학을 가게 되어서 아쉽다던 손님의 시간이 만들어 낸 빵. 초코칩이 콕콕 박힌 게 아주 맛있어 보이는군. 이 손님이 무슨 빵을 사 갔더라……. 그래. 소중한 사람에게 자신이 필요할 때 마주칠 수 있는 딱 한 번 우연 슈크림을 샀었지."

다음으로 진열대에 놓인 건 펭귄 모양의 초코빵이었다. 쟁반에는 빵이 하나만 남았다.

"그리고 그 빵들이 효과를 발휘할 수 있게 해 준, 시간 쿠키 손님이 빚어낸 빵. 이 빵은 우리 가게의 또 다른 특별 메뉴가 될 것 같아."

진열대에 놓인 빵은 귀여운 우주선 모양이었다. 빵 냄새를 맡듯이 코를 킁킁거리던 고양이가 타박타박 문 쪽으로 걸어갔다. 야옹. 고양이가 길게 울었다.

"응? 새로운 손님이 왔나?"

가게 밖에서 눈에 눈물이 그렁그렁한 아이가 안쪽을 살펴보고 있었다.

"자아. 이번에는 어떤 아일까?"

할머니가 빙글빙글, 춤을 추듯이 문 쪽으로 다가갔다. 치맛자락이 나풀거리며 달콤한 냄새가 마법처럼 가게 안을 가득 채웠다.

작가의 말

후회하는 일이 있나요?

저는 실수를 한 날이면 꼭 빵집에 들릅니다. 반드시 직접 빵을 구워 내는 가게여야 합니다. 빵 굽는 냄새 가득한 가게에 들어서는 순간, 스스로가 미웠던 마음이 조금 누그러지거든요. 왜 그런 실수를 했을까 자책하던 것이, 어차피 벌어진 일 앞으로 잘하자 하는 긍정적인 깃발이 꽂힌 쪽으로 조금 방향을 틀게 됩니다.

2012년에 프랑스 남부 브르타뉴대학에서 재미있는 실험을 했습니다. 빵집과 빵집 아닌 곳에서 물건을 떨어뜨리고 과연 몇 명이 도와주나 통계를 냈습니다. 그 결과 빵집 아닌 곳에서는 52% 정도가 물건을 주워 주는데, 빵집 앞에서는 77%가 물건을 주워 주었다고 합니다. 빵 굽는 냄새가 사람들의 기분을 좋게 만들어서, 다른 사람을 도와줄 확률을 높인 거죠. 고작 빵 굽는 냄새가 사람들을 착하게 만들다니 신기하지요. 아마도 빵 냄새를 맡으면 그 순간, 맛있는 빵을 먹었을 때의 행복함이 연상되기 때문이 아닐까요. 특별한 추억이 없어도 맛있는 빵은 그 자체로 사람을 행복하게 하니깐요.

사랑이나 우정도 그런 것이라고 생각합니다. 특별한 이유가 있어서 상대를 좋아하게 되는 경우가 오히려 드뭅니다. 그냥 친구가 너무 좋아서 영원히 친구였으면 하는 마음이 들고, 갑자기 상대가 멋있어 보여서 가슴이 두근거립니다. 맛있는 빵 냄새처럼, 상대가 옆에 있는 것만으로 좀 더 좋은 사람이 될 수 있을 것만 같죠. 그런 친구와 크게 싸우거나, 마음에도 없는 험한 말로 상처를 주면 크게 후회가 될 겁니다. 시간을 돌릴 수 있다면 사이좋던 그때로 가고 싶다고 절실하게 원하게 될지도 모르겠습니다.

'리와인드 베이커리'는 되돌아가게 해 주는 빵집입니다. 이번 이야기에서는 시간을 되돌리지요. 첫사랑을 사수하려는 별이의 용기는 사건의 진실을 밝혀내고 자칫 오해로 어긋날 뻔했던 많은 관계를 제자리에 돌려놓습니다. 별이에게 이끌린 아이들도 저마다 용기를 내지요. 어쩌면 별이는 아이들의 안에 잠들어 있던 상냥함을 끌어내는, 빵 냄새였을지도 모릅

214

니다. 독자분들에게도 이 이야기가 그런 존재가 되었으면 합니다.

가끔 그런 상상을 합니다. 시간을 돌릴 수 있다면 어떤 일을 할까, 하고요. 사람마다 돌아가고 싶은 시기도, 이유도 모두 다르겠지만 모두 나름의 절박함이 있을 겁니다. 현재가 완전히 바뀔 수도 있는데 과거로 가는 건, 상당한 각오가 필요할 테니깐요. 그렇기에 저는 어딘가에 있을지도 모를, 시간 여행자들이 가능한 한 해피엔딩을 맞이하길 바랍니다. 그들의 소원이 타인의 불행을 전제하지 않는다는 조건하에 말이죠.

물론 제일 좋은 건 후회하지 않게, 매일 솔직하고 충실하게 보내는 거겠지만요.

리와인드 베이커리에 함께해 주신 출판사 분들, 편집자님과 이 글을 읽어 주신 독자분들에게 감사의 마음을 전합니다. 다음에 다시 만날 때까지 달콤한 슈크림 같은 날들 보내시기를 바랍니다.

범유진

리와인드 베이커리

지은이 범유진
펴낸날 2025년 4월 15일 초판 1쇄, 2025년 5월 15일 4쇄
펴낸이 위혜정 | **기획·편집** 스토리콘 | **디자인** 포도
펴낸곳 따끈따끈책방㈜ | **주소** 서울특별시 마포구 양화로186 LC타워 604호
전화 070-8210-0523 | **팩스** 02-6455-8386 | **메일** chucreambook@naver.com
출판등록 제2023-000176호

ISBN 979-11-989487-4-8 43810

※ 잘못된 책은 구입처에서 바꾸어 드립니다. ※ 값은 뒤표지에 있습니다.
※ KC마크는 이 제품이 공통안전기준에 적합하였음을 의미합니다.

슈크림북은 따끈따끈책방㈜의 아동 청소년 브랜드입니다.
instagram.com/chucreambook